D1438465

AMOUR SÉLECT

JASMINE,
fleur de soleil

ALEX MARODON

JASMINE, FLEUR DU SOLEIL

PRESSES SÉLECT LTÉE
1555 Ouest, rue de Louvain
Montréal, Qué.

DÉPÔT LÉGAL:
Bibliothèque Nationale du Canada
Bibliothèque Nationale du Québec
1er Trimestre 1979

A ma si jolie petite nièce Anne-Marie Henry, pour qu'elle me lise quand elle aura seize ans.

A. M.

« Aimez, aimez, tout le reste
n'est rien. »

(La Fontaine)

I

Nous sommes à la terrasse du café de la Paix, dans Paris. Mon ami Jean Tapy pose sur moi son regard d'épagneul, un épagneul qui aurait les yeux bleus, et il grogne :

— Tu veux aller en Algérie en pleine bagarre, alors que tant de gens se préparent à la fuir ? Cela n'a aucun sens... Tu te plains d'avoir eu souvent des coups durs, mais mon vieux, cette fois, c'est au devant d'eux que tu vas.

Je soupire, un peu agacé de cette incompréhension chez mon meilleur ami, déçu qu'il ne puisse lire en moi.

— Tu te trompes, lui dis-je, si je comprends bien tes allusions... La politique ne m'intéresse guère, je ne me mêlerai de rien. Le motif d'un reportage pour *Paris-France* n'est vraiment qu'un prétexte, je ne ramènerai sans doute pas une ligne d'Alger, mais je n'aurais pu me rendre dans ma ville natale sans ma carte validée de journaliste professionnel. Les voyageurs pour l'Afrique du Nord sont en ce moment triés avec une certaine rigueur, et souvent refoulés dès Marseille. Je n'avais plus de raison familiale à invoquer, puisque les miens sont réfugiés en Ariège.

— Encore une fois, que vas-tu faire là-bas, sinon prendre un couteau dans le dos ou recevoir une balle mutine qui ne t'était pas destinée ?

— Essaie donc de comprendre. C'est une force un peu obscure, mais irrésistible, qui me pousse à quitter momentanément Paris pour la ville de mon enfance, pendant qu'elle est, pour combien de temps ? à peu près praticable. Bientôt, il sera trop tard sans doute ? Et je ne veux pas finir ma vie avant de l'avoir revue. Moque-toi ! C'est une idée sentimentale... d'aller ainsi à la rencontre de ma jeunesse et de mes souvenirs.

— Seront-ils au rendez-vous ? Tu parles en vieillard !

— J'ai cinquante ans, avec l'impression d'en avoir cent, tant il me semble avoir vécu !

— Et tu sais qu'il est parfois bien décevant d'aller à la recherche du temps perdu ?

— C'est une expérience à tenter.

— Tu es déprimé, voilà tout. Quitte à faire un voyage, je souhaiterais pour toi une nature de paix et en fête... Pars pour Tahiti !

— Aucune envie. Mais rassure ton affection,

je n'ai fait que deux « papiers » d'avance pour le journal qui est un hebdomadaire, cela m'oblige à ne pas rester absent plus de quinze jours. En rentrant, j'aurai le courage du coup de collier pour rattraper le retard de ma correspondance.

— Bon Dieu ! Combien reçois-tu de lettres par semaine ?

— Entre trois et quatre cents. C'est toujours trop ! La plupart des demandeurs veulent maintenant des réponses personnelles et directes, que de problèmes difficiles à résoudre ! Depuis dix-huit ans que j'ai cette rubrique péjorativement intitulée par la foule « Courrier du cœur », j'ai reçu des milliers de lettres, et du monde entier. Contrairement à ce que croient les gens, il y en a peu d'idiotes. Elles sont de plus en plus rares les petites dindes qui écrivaient : « J'aime Pierre, Paul et Jacques, lequel épouser ? » Toutes les autres m'écrivent parce qu'elles souffrent. Il y a tant de femmes abandonnées ! Tant d'enfants martyrs ou incompris ! Trop d'infirmes, de malades, de malchanceux, de mal aimés !

« Il faut essayer de les apaiser avec des mots... C'est une tâche ardue, ingrate, et les résultats sont souvent illusoires.

— Le pénible fardeau de toutes ces confidences te déprime, c'est certain.

— Je voudrais bien faire mieux. Je rêve à des miracles...

— Si tous les esprits forts se moquant de ces échanges de pensées savaient combien tu as donné le meilleur de toi-même à des inconnus démoralisés... Des miracles, dis-tu ? Mais comment appeler autrement la réunion de ces êtres disgraciés provoquée par tes soins, les sauvant parfois d'un noir découragement. Reçois-tu toujours pour ta fête des fleurs de la petite aveugle qui a épousé le menuisier ?

— Elle est fidèle au dix-huit mars depuis cinq ans. Ils ont un beau petit, qui ne boite pas comme son père...

— Tu as sorti cette enfant d'une odieuse promiscuité, tu as donné un sens à sa vie.

— La malheureuse vivait avec ses frères et sœurs à huit dans une chambre sans eau ! Une charmante amie à moi, célibataire aussi, mais voyant l'existence par le gros bout de la lorgnette, s'exalte et s'attendrit en parlant de familles nombreuses. Personnellement, je m'inquiète d'abord de savoir si les moyens des parents sont suffisants pour qu'ils ne soient pas excédés par la gêne, la misère d'un logement trop étroit : les jeunes finissent toujours par en souffrir. Un bon foyer doit être un roc solide sur lequel s'édifie l'avenir des petits. Mettre un bébé au monde est d'une gravité échappant parfois hélas à beaucoup de chefs de famille ! Certains s'en aperçoivent trop tard. Pour fuir leurs remords, passivement dégoûtés, ils s'évadent ou s'enivrent. Les enfants aussi, quand ils grandissent, essaient de « s'en sortir » à leur façon, qui est souvent la pire ! Si l'enfance martyre est un phénomène français, la délinquance juvénile en est un autre. Oui, vive les familles très nombreuses quand elles sont un peu aisées et surtout pleines d'amour.

— Au fond, le journalisme t'a fait insensiblement glisser vers l'assistance sociale... Les choses sont-elles si sombres pour que tu en souffres ? Et même dans ce cas, pourquoi courir en guise de détente vers cette Alger tumultueuse, au devant d'une immense tragédie ? Depuis quelque temps, inquiet des autres et de toi, tu ne parais guère heureux. C'est à Dieu le père, mon vieux, de réformer le monde ! Pense aussi à ton propre bonheur.

— Je n'ai pas pu le réussir. Tu sais combien j'aimais chanter !

— La perte de ta voix en pleine carrière a été une malchance, on ne peut le nier. Mais par cette chronique qui porte ton nom dans un des journaux les plus populaires de France, tu es toujours en contact avec ce public que tu aimes tant ! Tu l'émouvais sur la scène, ou le distrayais, aujourd'hui tu l'aides et tu le sers, c'est sans doute aussi bien ? Une des plus jolies femmes de Paris t'aime, et tu l'aimes aussi je le sais, vous êtes fiancés... Rien n'autorise ni n'explique ta mélancolie.

— Fiancés est un terme trop traditionnel pour désigner nos relations, alors qu'Edith a quarante ans et moi dix de plus. Nous ne sommes encore que des camarades attentifs, étudiant réciproquement nos caractères pour savoir si une union entre nous est possible. Edith s'est déjà trompée une fois puisqu'elle est en instance de divorce, et moi-même j'ai été trop déçu pour m'emballer sur un joli visage, sur une silhouette attirante (savamment mise en valeur), sur une intelligence brillante, toute en facettes... Mais de quelle profondeur ? Sur un cœur... au fait, a-t-elle un cœur ?

— Cher « épris d'absolu », tu es injuste, au lieu d'aller arpenter ton pays d'origine passablement dynamité, vois un médecin, c'est urgent, et en attendant prends un autre whisky, c'est ma tournée, pour noyer toute ton amertume. Edith est une fille merveilleuse, il me semble, de toutes les façons. Elle dirige son école de mannequins avec une réelle générosité, parfois ses élèves oublient de la payer, elle les aide. Je suis certain qu'elle t'aime, d'ailleurs elle t'admire beaucoup...

Je fais : « Ah » d'un air comblé.

— ...Et l'admiration est le commencement de l'amour, c'est une banalité toujours vraie.

Le garçon renouvelle nos consommations. Nous nous taisons un long moment, chacun dans nos pensées. Sur le fond des voitures scintillantes sous ce doux soleil d'avril, près de nous, nombreux, les gens passent. Les uns gais comme en promenade, les autres avec cet air tendu qu'on voit sur les visages des habitants des grandes capitales où la lutte pour la vie est souvent impitoyable.

Non, je ne suis pas content de moi, j'ai mis trente ans à me tromper, à ne pas me trouver réellement, suis-je alors bien désigné pour conseiller les autres ?

Le doute me blesse en tout, et l'aventure algérienne, dont on ne sait pas encore ici grand-chose, sauf qu'on s'est peut-être trop pressé de désespérer, me poigne sourdement.

Depuis trente ans que je suis « Parisien », je n'avais guère pris le temps de penser au pays qui m'a vu naître. Pourquoi, depuis quelques semaines, s'impose-t-il à moi ? Par ses malheurs sans doute ? Mais avec quelle juvénile, quelle insolite rigueur !

Merveilleuse mémoire de l'enfance ! Les chers visages de mon passé demeurent intacts, seuls les décors s'estompent... Je veux les retrouver. Je veux retrouver en eux le petit « Alexandre » absurdement sensible de mon inquiète adolescence, dont l'imagination était toujours en éveil... De tant de rêves caressés sous ces cieux profonds par un cœur pur, de tant d'amour exhalé, il doit bien rester quelque chose ?

Là-bas, je retrouverai peut-être ce que j'ai perdu ici en mûrissant, le vrai sentiment d'exister.

Mon Dieu ! Je suis naïf, égocentrique et prétentieux comme un poète raté. Tant pis ! Je dois m'accepter, et je pars pour Alger.

Pendant ce temps, Jean semble avoir réfléchi devant son verre vide :

— Ecoute, me dit-il, tu es mécontent de tout et de toi-même, c'est un signe très sûr de démoralisation nerveuse. Sans être médecin, je te conseille en effet de changer d'horizon, mais va ailleurs qu'en Algérie. Tu n'as rien d'un aventurier ni d'un héros.

— Je prendrai le train demain soir, et m'embarquerai à Marseille jeudi.

Alors il hausse les épaules de toute son impuissante amitié :

— Bon !... Pourquoi ne pas prendre l'avion ?

— Tu ne comprends rien. Cela peut paraître puéril, mais je veux retrouver l'odeur du « transat » que je prenais chaque été avec mes parents pour nos vacances françaises. Je veux retrouver le balancement des vagues, le parfum du sel pur, des embruns de la Méditerranée...

Je sens tout à coup un autre parfum plus familier et capiteux comme une essence de sérail, Edith Sardet arrive avec son caniche Mizou qui se frotte à mon pantalon avant que j'aie eu le temps de me lever et d'embrasser ma « fiancée ».

Edith enseigne à ses mannequins ce qu'elle a subtilement appris chez Dior : une manière personnelle et inoubliable de marcher, de tendre son visage et ses bras, elle a toujours un regard câlin promettant le paradis et des lèvres boudeuses pour démentir la promesse, un vrai suspense ! Mais elle sait montrer ses dents en un adorable sourire à ceux qu'elle aime. Je suis un des élus. Elle le dit. La voici installée entre nous sur une chaise que Jean a promptement rapprochée. J'aurais dû faire ce geste, mais je ne l'ai pas senti au moment où il l'aurait fallu.

Dans ses chers yeux gris, déjà une ombre de reproche :

— Notre « Alex » nous quitte. Si *Paris-France* l'annonçait, les midinettes de Paris et d'ailleurs seraient tristes ! C'est leur chou !

— Qu'en dit madame Sardet ? demande mon ami taquin, tandis que je hausse les épaules.

— Elle se fera une raison. Il ne veut emmener personne.

Et comme je fais un geste, surpris :

— D'ailleurs, il me serait impossible d'abandonner mon école en pleine saison. Et puis, je n'ai pas encore vu la collection de Balmain ni celle de Cardin.

Les collections ont pour Edith une importance énorme, et pas seulement sur le plan professionnel ; de mannequin, elle est devenue cliente depuis son mariage, une cliente à qui on fait des prix, mais qui paie cher tout de même ses goûts d'élégance. Heureusement, sa maison marche bien au point de vue financier, quoi qu'en dise Jean, et son ancien mari lui a reconnu en l'épousant, une jolie fortune. On la sent sûre d'elle, en sécurité. Que faut-il faire pour se sentir en sécurité ? La mériter ? Voire... Moi, j'ai toujours l'appréhension d'une catastrophe. Sans doute parce que la vie ne me les a jamais ménagées.

Edith bavarde avec Jean qu'elle aime bien.

Je retourne impoliment à mes rêves, à mon sable, à mes palmiers. C'est presque une hallucination sensuelle. Dans le parfum d'Edith, je crois sentir des fleurs d'oranger, du jasmin, des roses... Oh ! Blidah ! Boufarick ! Villes immaculées et fleuries où le soleil est une orange au goût de miel...

Quelle puérile et coupable inconscience de croire qu'à l'instant où elle vit des heures dramatiques, l'Algérie m'attend avec ses sortilèges inchangés... Je suis aussi têtu que mon ami le Basque, et ce n'est pas peu dire. Une affection inquiète se lit dans ses yeux, et je pense qu'une femme se remplace plus facilement dans le cœur qu'un ami véritable.

Après cet « intermède », je réalise que je suis tout de même en compagnie de ma fiancée, au café de la Paix, dans Paris, ce 16 avril 1960, à sept heures du soir.

Le grouillement de la rue me saute aux yeux comme s'il commençait à peine, mes oreilles retrouvent brutalement la « volière » des clients de l'apéritif. Des clientes surtout, qui n'ayant pas la voix suave de Mme Sardet, semblent « caqueter ».

De toutes, Edith est bien la plus blonde, la plus jolie. Et comme je suis assez vaniteux, je me rengorge comme un paon.

Enfin, n'ignorant guère que ma fiancée et notre compagnon se sont entretenus pendant ma songerie des dangers que je peux courir en ce voyage, je dis :

— Puisqu'il fait enfin beau aujourd'hui, je vous emmène dîner tous deux à « l'Orée du Bois ». Je vous offre une soirée de gourmandise pour que vous me pleuriez davantage s'il m'arrivait quelque chose.

Le regard d'Edith, d'abord choquée, se fait plus tendre avec une grande apparence de sincérité :

— Ne dites pas de sottises, vous savez combien on vous aime !

Je baise sa main parfaite, et la magie de son charme opère.

Je « dois » être heureux de l'aimer. Après notre mariage, le bonheur fera fuir tous mes complexes :

— Avez-vous votre voiture ?

— Il serait imprudent de vous rencontrer à pied. Vous adorez qu'on vous conduise, et vous n'avez pas d'auto.

C'est vrai, trop nerveux, je ne me suis jamais cru capable de conduire en toute sécurité.

Cinq minutes plus tard, Edith dirige sa Floride bleue parmi le flot des véhicules, avec une habileté, une efficacité, un calme admirables.

Son sourire exquis, et ses yeux qui s'attardent parfois sur mes mains nues, sont des caresses auxquelles je voudrais répondre, mais la prudence, et la présence de Jean Tapy, me retiennent de faire arrêter la voiture un instant pour prendre dans mes bras cette femme qui m'émeut...

Nous voici dans l'unique avenue Foch bordée d'hôtels, d'arbres centenaires, de haies fleuries sous un ciel de nuages roses et or. C'est donc ce joli printemps de Paris que j'ai résolu de quitter pour une Algérie qui ne devrait plus avoir de mystère pour moi. J'y suis né, j'y ai vécu vingt ans. Cette subite attirance pour un pays que je quittai jadis avec joie pour conquérir la capitale, est vraiment disproportionnée comme tout ce qui m'arrive et tout ce que je ressens.

Ma chère Edith me parle, et je réponds à nouveau par quelques monosyllabes, et c'est insensé pour un homme sensible à l'amour, à la beauté. Je suis tout à coup comme un enfant gâté qui désire follement un beau jouet avant Noël, dans une vitrine à l'accès difficile, ne pensant qu'à cela, l'esprit tendu, négligeant ce qui est plus important, plus raisonnable. Ma convoitise va vers une ville blanche où doit rôder le fantôme de ma jeunesse.

Si l'absence d'imagination est une infirmité, en avoir trop en est une bien plus grande encore, à cause de la lucidité qui finit toujours par revenir.

A cinq cents mètres des senteurs sylvestres du bois de Boulogne, je respire « vraiment » l'odeur du port d'Alger, sel, huile, goudron, dans un vol de mouettes... Mais nous sommes à Paris : voilà des pigeons. Ah ! folle du logis !

— Nous voici arrivés ! crient ensemble Edith et Jean railleurs, monsieur peut descendre.

Ce que je fais confus, étourdi, comme si je venais de sommeiller. Le restaurant est luxueux, je sais que la note sera salée. Jean a des goûts simples, mais ma fiancée sera dans un cadre digne d'elle, de son élégance.

Comme je suis hypocrite ! Autant qu'Edith sans doute, je suis avide de luxe et de confort, des vains petits plaisirs que ne me permettent pas toujours mes revenus. Gaspillons ! Tant que je suis célibataire !

— Quelle chance de vous retrouver ici !

— Ça, par exemple, c'est extraordinaire !

— L'heureuse coïncidence !

Ce concert d'exclamations vient d'une table fleurie qui compte aussi trois personnes : les « Baron » père, mère, fille qui fréquentaient jadis le club « Alex Marodon » fondé par mes anciens « fans » (autrefois on disait « admiratrices ») lorsque je chantais et qui le désertèrent avec la plupart des autres adhérents assez

vite, de la façon dont on quitte un navire délabré, quand on apprit que je ne chanterais plus,
et que l'atmosphère devenait moins brillante,
moins joyeuse...

Il y a quelques années de cela, et la fillette
est montée en graine, si les parents paraissent,
comme moi, marqués par le temps. Mon Dieu,
qu'ils sont laids tous les trois ! Peut-être parce
qu'ils me rappellent un cruel souvenir ?

— Que devenez-vous en dehors de *Paris-
France* où nous vous suivons ? Nous parlons
souvent d'Alex, des bons moments passés à
votre club. Quel dommage qu'il soit dissous !

Leurs regrets sont sincères, à mon époque
dorée, ils s'amusaient là-bas, dansaient à peu
de frais.

— Il n'avait plus sa raison d'être...

— Oui, bien sûr ! Nous fréquentons aujourd'-
hui le club des solitaires, il est moins intéressant que le vôtre.

— C'est l'époque qui est aussi moins intéressante, lance Jean Tapy qui se souvient, ran-
cunier, des désertions par groupes. Il n'a pourtant que trente-cinq ans et peu de souvenirs
mauvais.

Edith s'est approchée, je la présente à ces
« amis ». Ils sont impressionnés, eux laids et
fagottés, par l'aveuglant rayonnement de ma
belle amie (ils auront un sujet de conversation
pour leur dîner). Nous retournons enfin chacun à notre table, qui heureusement ne sont
pas voisines.

— Vous savez, croit devoir encore me lancer M. Baron, avant de nous tourner le dos vis-à-vis de sa famille, on vous regrette car on vous aime bien...

Un quatuor de jeunes, bruyants et joyeux, entrent dans la salle, attirant l'attention d'un public clairsemé, et me dispense de répondre un « merci » banal, peu convaincu.

— Vous le voyez, dit Edith avec un lumineux sourire, ces gens-là sont sans doute sincères. Pourquoi tous ces jours-ci paraissez-vous incrédule, déçu, persécuté, dans vos rapports avec autrui ? Ingrat qui partez deux grandes semaines loin de ceux qui vous aiment !

— Oui, j'ai tort, chérie, je dois vous croire, c'est merveilleux, tout le monde m'aime... Sauf moi.

II

Voici Marseille, grouillante, colorée, bruyante
et rieuse, veillée par une statue d'or. Marseille
à l'odeur puissante d'anis, d'ail, de pierre gril-
lée. Même en ce printemps médiocre au soleil
pauvre, Marseille canaille a pour moi la séduction un peu vulgaire d'une très belle fille qui
marcherait comme Marilyn Monroë. Le bateau
ne part que dans deux heures. J'erre dans quelques petites rues mal pavées pour atteindre le
cours Belzunce et la Cannebière, pour apercevoir enfin, dans l'odeur de citrons et d'huîtres
ouvertes sur le vieux port, le bleu transparent
et profond de la Méditerranée.

Je me souviens de la ville vers les années
vingt-cinq, vingt-six, avec ses terrasses de café
mouvantes, inoubliables, où les orchestres
jouaient langoureusement des valses persua-
sives. On distribuait alors à l'entrée des ciné-
mas des éventails « à chasser la chaleur ». Les
trams faisaient encore grand bruit... Aujour-
d'hui, comme ailleurs, les voitures et les auto-

bus font de l'antique Phocée une sorte de capitale à la circulation indisciplinée, confuse, mais où les conducteurs ont pour s'injurier un accent qui chante et rend gai.

Le taxi me mène à la gare maritime, ma valise m'y attend. Et je pense à l'instable débarcadère en bois pourri de mon enfance, redoutable, sur lequel on s'aventurait non sans peur, risquant à chaque pas de choir dans l'eau glauque du port.

Aujourd'hui, la passerelle est souple du navire immobile, et un stewart me mène aussitôt à ma cabine que je ne partagerai avec personne, contrairement à l'usage, tant les voyageurs sont peu nombreux pour Alger, à cette époque de l'année et de l'histoire... Me voici remonté sur le pont des premières, contemplant la ville étalée grise et rousse, entourée de collines pelées. Les vrombissements de l'appareillage ébranlent la coque, l'air sent déjà le large et le goudron. Je respire à pleines goulées cet azur tiède, humide, et je m'étends au hasard sur une chaise-longue rouge parmi les autres qui restent à peu près vides, avant de sombrer en une douce léthargie.

Je me réveille en pleine mer « indigo », les côtes sont déjà lointaines. Comme c'est beau ! Quelques petits bateaux semblent nous escorter. Ils n'iront pas loin. Le navire majestueux et blanc fend une eau à peine drapée de vagues sages. L'eau mousse à l'arrière sous les hélices, et un drapeau flotte en silence.

Me voici solitaire et détendu, dans l'attente d'une grande joie, rare et pure.

Vers les six heures, abandonnant le spectacle agrémenté pourtant d'énormes marsouins sautant sur l'eau, ruisselants de perles, caracolant dans le sillage, je décide de descendre dans ma cabine pour commencer à rêver plus à l'aise, ma cabine aux couchettes étroites, aux lavabos minuscules, le hublot grand ouvert sur l'immensité de l'horizon...

Réveillé à huit heures le lendemain, je demande mon petit déjeuner après une toilette hâtive, et je remonte sur le pont.

Me voici déjà dans les eaux africaines. Qu'elle est jolie ma ville aperçue sous l'éblouissante lumière !

Je distingue bientôt l'immense terrasse longeant le port, soutenue par d'élégantes arcades, les palmiers, les cactus se profilent... Le jeu de cubes de la Kasbah se rapproche, à peine moins blancs qu'en mon enfance, dorés par un soleil brillant. Bientôt, ce sera la coupe neigeuse de la mosquée, et j'ai bêtement envie de pleurer sur ce spectacle retrouvé.

Les petits « yaouleds » se disputent toujours comme autrefois les valises des touristes. Je leur confie la mienne qui est lourde. Un autre enfant s'offre à porter mon nécessaire. Je refuse et je décide de me rendre à pied à l'« Alletti » où ma chambre est retenue. Le petit Arabe fait la grimace, mais les autres, entraînés par mon pas, marchent prestement.

Voici le square Bresson toujours aussi vert. Il me semble entendre les oiseaux qui doivent l'habiter comme autrefois, mais c'est encore une illusion, car ici les voitures sont aussi bruyantes qu'ailleurs. Nous arrivons vite au petit jardin de l'hôtel...

Ma chambre a deux fenêtres donnant sur la mer, le boulevard qui la domine est coloré par la présence de toutes sortes de gens parmi lesquels on reconnaît beaucoup de militaires aux bérets rouges, verts et bleus, sous le ciel d'une inimitable pureté. Il ne fait pas encore chaud, et j'évoque de Reynaldo Hahn *L'heure exquise*... Car cette heure, je la passe dans un bain : c'est toujours pour moi un moment parfait, hors du temps. Après avoir revêtu un costume léger par prudence (ici l'été commence tôt), je me précipite dans la rue de Constantine où je ne vois pas les visages tragiques attendus et prédits. Pourtant la population est éprouvée déjà par de cruels attentats. Ces figures impassibles ou souriantes m'aident à oublier la vie présente, et je m'installe avec délices dans le bal de mes souvenirs.

Je marche, humant l'air un peu safrané... Voici le môle où j'allais me faire doucher les jours de tempête.

Sur ce banc (il me semble qu'il était déjà là), j'ai commis mes premiers vers. J'y ai échangé, un soir, mon premier baiser avec une fillette qui tremblait moins que moi... Comme tous ces souvenirs se sont rapprochés tout d'un coup ! Ai-je vraiment tant d'années ?

Il suffirait, pour m'en rendre compte, de regarder de près cette glace dans la vitrine du parfumeur. Je m'en garde bien, voulant conserver le plus possible l'illusion d'être sans ride d'âme comme de visage, pour que paraisse moins grotesque ce cœur d'adolescent sous la carcasse d'un homme mûr qui peut garder sa joie pour lui seul, en respirant sa jeunesse.

Je marche par la rue Bab-Azoun jusque dans Bab-el-Oued qui semble à lui seul plus peuplé que la ville entière, plus vibrant aussi. Voici le jardin Marengo surplombant le grand lycée où j'ai fini mes études. Je vois dans quelques bosquets des roses mousseuses. Les feuilles des marronniers, ocrées déjà, se balancent dans le vent de midi. Les longs eucalyptus semblent s'éveiller tardivement sous le soleil déjà chaud. Ils me font penser au célèbre, à l'immense parc d'Alger, qu'on appelle le « jardin d'essai », j'irai le voir cet après-midi même.

Où vais-je déjeuner ? A « La Pêcherie », et je ne mangerai que du poisson.

Il vient parfois du port une odeur d'algues vivifiante, et la friture de rougets paraît sublime au gourmet que je suis.

Des artichauts, des bananes, des dattes, m'ont aussi tenté.

Paris est loin !

Je suis sûr que mon ami Jean pense à moi ce jour même, pour Edith c'est moins certain. Elle a tant d'occupations et tant d'amis... Elle se disperse.

Je leur envoie une carte à chacun après le déjeuner, les choisissant différentes, car je sais qu'ils se les montreront. D'autres affectueux messages envoyés à des êtres chers, je décide de prendre un taxi pour aller à ce parc fameux qui enchanta mon enfance.

Nous passons par la place Bellecour méconnaissable, dotée d'immeubles magnifiques, nous empruntons ensuite des rues qui me paraissent familières, mais si étroites ! Car là aussi on a beaucoup construit.

Mon chauffeur arrête sa voiture et me dit froidement, la course achevée :

— Vous savez, dans ce jardin, il n'est guère prudent d'aller seul en ce moment. Plusieurs attentats l'ont ensanglanté.

Loin de la réalité, je crois qu'il exagère. Que pourrais-je craindre en plein jour ? Je ne perçois pas de danger.

— C'est tellement désert depuis les événements ! ajoute-t-il encore en me rendant la monnaie.

Me voilà seul en effet, devant les immenses frondaisons. Rien ne semble changé en ce lieu depuis que j'y faisais souvent l'école buissonnière.

Ces arbres hauts qui ne sont pas des peupliers, ces larges palmiers aux rameaux écartés, ces étangs glauques cernés de lauriers-roses, font ici une immobilité, un silence de forêt. Je chasse une angoisse légère et je vais vers l'espèce de « placette » circulaire entourée de bancs dans un cadre de roseaux où j'entends le bruit de l'eau qui court... C'est bien le « jardin solitaire » du poète, mais il n'est pas « glacé », il s'en faut de beaucoup, une certaine chaleur humide commence à monter de la terre vers un ciel turquoise, impitoyablement bleu. Tout d'un coup, il me semble entendre un sanglot... N'est-ce pas plutôt un bruit de bête frôlant l'herbe encore verte ? Je marche... Au détour de l'allée, j'aperçois une silhouette féminine assise sur un banc, ses épaules sont secouées. Elle baisse sa tête cachée par de longs cheveux noisette en harmonieux désordre. Pleure-t-elle ? Je m'approche ; oui, elle pleure, et c'est poignant ce chagrin solitaire dans l'immense jardin. Le bruit de mes pas fait lever instinctivement la tête de la jeune fille, d'un geste gracieux et sauvage, elle secoue sa chevelure et passe brutalement sur ses joues un linge pas très propre. Elle me regarde avec un certain défi dans le regard fauve de ses larges yeux étirés vers les tempes. Mon Dieu, qu'elle est jolie ! Elle a... Dix-huit ans, non seize à peine, c'est une fille d'ici où elles sont précocement belles, pour se faner très vite. En cet instant, c'est un tel rayonnement dans la lumière tamisée par les arbres que j'en suis presque étourdi.

Maintenant, elle ne pleure plus et me regarde sans rien dire. Elle semble fascinée mais point honteuse d'avoir été surprise. Un quart de sourire « façon Joconde » remonte à peine le coin de ses lèvres... Je détaille sa grâce, son teint de fleur, bruni, et ses longues jambes sans bas aux souliers sans talon et surtout cette bouche au dessin charnu mais délicat, rose comme un cœur d'aubépine dans une aurore de printemps. Je lui parle sans reconnaître ma voix :

— Mademoiselle, ne croyez-vous pas qu'il est imprudent de vous promener seule dans ce jardin, alors, on me l'a dit, que plusieurs attentats y ont été commis ?

Je ne lui parle pas des autres dangers menaçant les trop jolies personnes sans protection. J'attends un son de sa bouche...

— J'ai l'habitude de venir ici pour réfléchir.

L'accent du pays lui fait une voix rauque et brève, une voix personnelle et spontanée qui, j'en suis sûr, ne sait pas encore mentir.

Je remarque près d'elle, sur le banc, un petit sac rectangulaire en daim fourbu.

— Vous n'êtes pas d'ici, ajoute-t-elle.

— Si. Je suis né en Algérie, mais je n'avais pas vu mon pays depuis trente ans. J'habite Paris.

Ses yeux ont un éclat soudain :

— Vous en avez de la chance !

Oui, c'est une chance d'avoir fait son trou à Paris, je m'en émerveille encore, mais elle pense visiblement à autre chose. Paris, pour cette enfant comme pour tant de fillettes, c'est la grande lumière qui attire, prometteuse de toutes les félicités.

— J'espère bien y aller un jour ! lance-t-elle, décidée, et elle rit enfin de toutes ses perles : n'est-ce pas le rêve, d'ailleurs, de toutes les femmes qui veulent être belles ?

Elle a lu cela quelque part. Paris fait bien sa publicité.

— Mais vous êtes encore une enfant !

C'est presque comme si je l'avais giflée. Elle a rougi et clame :

— J'ai quinze ans !

Pourtant, elle est prête à s'épanouir déjà !

Je dis platement pour racheter « mon erreur » à ses yeux :

— Vous êtes très jolie, mademoiselle.

Elle redevient une enfant en extériorisant son plaisir :

— Vous qui êtes Parisien, vous me trouvez jolie ?

— Très. On a dû vous le dire déjà, ne serait-ce que votre miroir, et n'y a-t-il pas beaucoup de garçons, ici ?

Elle hausse les épaules, excédée :

— Ici, les garçons ne font guère de compliments aux filles. Quand on leur plaît, ils vous emmènent à la plage ou au bal, ils vous paient des frites ou des glaces... Ils essaient de flirter, c'est tout.

— Voulez-vous accepter une glace ? Je me

souviens que de l'autre côté du jardin d'où l'on aperçoit la mer, il y a un établissement correct, et soyez tranquille, flirter n'est plus de mon âge.

— Non, merci. Pas aujourd'hui, je veux réfléchir seule. Ne vous fâchez pas.

Elle m'examine avec des yeux sauvages mais sans insolence :

— Vous êtes certainement un homme sympathique et bien, mais vous ne pouvez rien pour moi, vous êtes trop âgé... Je me marierais volontiers avec un jeune homme dans votre genre s'il était aussi gentil...

Elle serre les dents :

— Pour me sortir d'ici !

Je ne puis m'empêcher de rire :

— Vous ne vous marieriez tout de même pas avec un garçon sympathique mais inconnu, après lui avoir parlé cinq minutes ?

— Je crois que je suis capable d'une folie de ce genre.

— Allons donc ! Puisque vous dites « une folie », on ne fait pas une folie sciemment.

— Je ne veux pas discuter... Ecoutez, je ne suis guère dans mon état normal aujourd'hui. Si vous aimez ce parc comme moi, nous pourrons nous y rencontrer une autre fois, et... Parler ensemble de Paris.

J'ai été maladroit, elle regrette sa solitude.

— Vous ne voulez pas que je vous accompagne jusqu'à votre autobus ?

— Non, merci, à un de ces jours !

Je cherche des mots pour la retenir un instant (mais je ne suis pas moi non plus dans mon état normal) et n'en ai guère le temps. Son pas décidé ne résonne plus, et sa silhouette s'évanouit parmi les arbres.

Je m'asseois sur le banc qu'elle a quitté. C'est comme si j'avais fait un rêve charmant. Cette rencontre semble un peu irréelle. Ce n'était ni une femme, ni une enfant, c'était une fleur somptueuse qui a rejoint le mystère de la forêt, répondant à l'ordre de la fée sa marraine...

Je regarde ma montre, il est cinq heures. Quel ennui subit en ce beau jardin qui s'assombrit !

Mes souvenirs qui paraissaient s'apprivoiser fuient maintenant devant l'image radieuse. Un remords pourtant me poigne. Cette enfant était sans doute en difficulté, j'aurais pu l'aider. Je ne lui ai même pas demandé la raison de son chagrin. C'est invraisemblable. J'étais inconscient, dominé par l'égoïste plaisir de contempler sa beauté. Si j'avais été jeune, je serais tombé éperdument amoureux de tant de charmes ! Sans savoir ce qu'ils parent. La plus jolie fille du monde ne peut donner que ce qu'elle a, dit-on, et c'est souvent tant pis ! J'en sais quelque chose.

Pourtant, la présence de cet être me fut comme une douce lumière... je voudrais la revoir, cette adolescente qui se prend pour une femme et que tant de dangers guettent en dehors des fellagahs. Je rentre à l'hôtel un peu inquiet, mais reconnaissant à la providence qui m'a offert quelques minutes exquises, précieuses et imméritées.

III

Le lendemain, dès mon réveil, je pense à « l'apparition » de la veille. J'essaie de me rappeler des détails situant socialement cette jeune fille. Le sac défraîchi, la robe grise à fleurs mauves si mal taillée, ses souliers plats marron en cuir écaillé, font d'elle une petite ouvrière qui débute et n'a guère d'économies. Je me refuse à me l'imaginer sans goût, volontairement négligée comme l'est parfois la jeunesse de notre époque. D'ailleurs, j'avais enregistré ces détails en pleine inconscience, tant j'étais ému par cette charnelle beauté auprès de laquelle rien n'avait plus d'importance.

Le valet de chambre me monte déjà le courrier. Les avions vont vite. C'est une lettre d'Edith, son parfum s'échappe de l'enveloppe rose. « Je lui manque horriblement ». Mais la collection de Cardin est emballante... Je passe les lignes où elle parle chiffons. Non pas que je sois indifférent à tout ce qui pare les femmes bien au contraire, une robe peut être un chef-d'œuvre. Mais ma chère fiancée ne semble vivre que pour cela. C'est un peu exagéré.

Je songe... que serait cette enfant dans une robe de grand couturier ? Avec sa démarche souple, ses merveilleux cheveux et ses yeux de gazelle que les longs cils rendent plus mystérieux encore ? Tous ses charmes mis en valeur, exaltés par un artiste, l'inconnue du jardin d'essai serait tout simplement une reine de Paris.

C'est le téléphone qui interrompt mon lyrisme. Ma cousine Alice s'exclame au bout du fil :

— Quelle folie ! mon cher Alex, de venir ici en ce moment où chacun ne rêve que de partir... Peut-être aurez-vous tout de même un peu de chance, nous n'avons pas eu d'attentat depuis dix jours... Mais comme le couvre-feu est assommant ! Vous venez déjeuner ?

J'hésite un instant. Bien sûr, je veux voir mes cousins, mais je voudrais réserver mon après-midi pour retourner au jardin. Peut-être y sera-t-elle ? J'invente vite un mensonge :

— Ecoutez, Alice, je viendrai déjeuner surtout pour vous embrasser, mais il faut que je sois libre à quatorze heures, je dois retrouver un confrère à l'hôtel Saint-Georges pour... une confrontation d'articles importants.

— Alors venez tout de suite, mon mari ne tardera pas à rentrer. Vous reconnaîtrez le chemin ? Nous sommes toujours rue Michelet, au dix-sept.

— A tout de suite, Alice.

Je m'habille lentement après avoir fini la lettre d'Edith « espérant un prompt retour » et qui me recommande une grande prudence.

Mais je crois que cette révolte indigène sera mâtée sous peu, et je ne suis pas le seul, car sinon comment expliquer le calme, la sérénité des gens rencontrés dans la rue ? Ils sont plus concernés que moi. La cousine, comme tant d'autres, exagère le danger.

Je prends la rue d'Isly, et regarde les magasins sans en reconnaître aucun. Les maisons sont hautes, et magnifiques, mais comme les larges rues de mon enfance, comparées à celles de Paris, me paraissent plus étroites ! Elles sont encombrées d'une foule bariolée, pittoresque, où les « fatmas » dévoilées sont plus nombreuses que jadis. L'une d'elle, pas très jeune, m'a souri d'un sourire affreux où il manquait deux dents. Ainsi, comme avant, les Arabes frôlent les Européens sans gêne ni animosité. Ils sont quelques-uns à comprendre les miracles variés que nous avons fait sur leur sol insalubre. L'intelligence des plus avertis prévaudra si la politique ne s'en mêle. Que feraient-ils sans nous ?

Les soldats circulent partout, isolés ou en groupe, et les jeunes parachutistes se font remarquer par leur coquin de béret.

Voici la belle maison cossue de ma cousine Alice qui a épousé un haut-fonctionnaire de la préfecture. L'ascenseur à peine arrêté, la porte s'ouvre, et Mme Saporita apparaît, ronde et menue dans un tintinnabulement de bracelets, de colliers... Elle est toujours un peu trop parée comme une chasse, de trop de bijoux différents. C'est d'ailleurs le mignon péché de la plupart des Algéroises.

Embrassades, exclamations :

— Vous n'avez pas changé !

— Vous non plus !

Nous nous le sommes dit en même temps.

Or, nous avons vieilli bien sûr de trente ans, chacun à notre manière.

Quand Maxime, le mari, arrive vers les midi, nous recommençons le même petit dialogue mondain.

Je lui demande si les événements le rendent très soucieux, il hausse les épaules et répond confiant :

— S'il le faut, nous referons la conquête de l'Algérie...

Et cette réponse me fait frissonner. C'est donc plus grave que je le pensais. Il ne s'agit pas seulement de la révolte d'une poignée de terroristes... Maxime est certainement bien renseigné. Il est pâle et gras. Mais sa gentillesse, comme celle de sa femme, n'est pas feinte, cela me fait plaisir.

En trente ans, nous ne nous sommes pas écrit dix lettres, y compris la dernière annonçant mon arrivée. Pourtant, nous pensons de temps en temps les uns aux autres. C'est cela, la famille, quand plus de mille kilomètres en séparent les membres pendant de trop longues années.

Du salon chinois aux meubles peints de tons vifs, nous passons dans une salle à manger rustique.

Attablés devant de plantureux hors-d'œuvre, je demande à mon cousin :

— Si vous m'emmenez faire une promenade en voiture, j'aimerais que ce soit aux gorges de la Chiffa, au « Ruisseau des Singes ».

— Impossible, c'est défendu. Les fellagahs y sont en permanence, un endroit rêvé pour leurs embuscades.

C'est donc très sérieux. En France, on ne se rend pas compte.

Je ne verrai plus jamais ces gorges sauvages aux rochers rouges bruissantes de cascades, où les singes venaient manger dans les mains tendues, déjà chargées de roses et de mandarines à Blidah.

— Où êtes-vous ? me dit-il.

— Mais ici... Avec vous... Avec vous tous. Quelle tristesse de voir ce beau pays livré à la guerre !

— Nous la gagnerons ! affirme Alice avec optimisme. Moi, je ne pourrai jamais partir d'ici, mais la plupart des gens ont peur et s'exilent.

Je pense à mes frères et sœur réfugiés en Ariège qui ne peuvent oublier ni leur terre ni leur ciel, ils portent cet exil en eux comme une plaie ouverte...

L'exquis déjeuner se termine. Mes cousins sont toujours aussi gourmets et je m'en réjouis. Mais l'heure tourne, et je devrai bientôt rejoindre ce « confrère » imaginé. La jeune fille reviendra-t-elle dans le parc ? C'est douteux : ce serait bien trop agréable et mes bonheurs sont généralement courts. Je veux en avoir le cœur net, et rechercher cette adorable lumière.

— Au-revoir ! On se téléphone... Je reste ici quatorze jours.

— Au-revoir, cher Alex.

Je sens en moi, redoublée, cette fougue juvénile qui m'a poussé au voyage. Peut-être justement pour faire cette rencontre ? Le hasard a de ces desseins obscurs et subtils, que nous ne devons pas chercher à comprendre.

Elle était là-bas hier à quatre heures, il n'en est que deux. Mais je suis stupide. Pourquoi viendrait-elle à la même heure aujourd'hui ?

Ne m'a-t-elle pas dit très évasivement : « A un de ces jours ? »

Enfin, je décide de faire le très long chemin à pied. Si je suis fatigué, je prendrai l'autobus en route, mais comme elle me déplaît, cette fouille obligatoire (par précaution) avant de monter dans les véhicules ! Hier, des policiers m'ont froissé sans ménagement. Avais-je l'air de porter une bombe ?

Je traverse le marché Clauzel encombré de détritus où les marchands s'interpellent. Bientôt, c'est le champ de manœuvres. On l'appelait ainsi jadis. Aujourd'hui, il est complètement bâti de superbes maisons. Que les platanes sont beaux !

Le soleil les grillera en quinze jours, mais ils sont encore verts et leurs feuilles ont de larges dentelures. Eux, du moins, n'ont pas changé.

Il est trois heures quand j'arrive au jardin. Extrêmement fatigué, je m'asseois sur le premier banc venu. J'irai plus tard au carrefour pour une rencontre hypothétique... Ne voulant pas que cette enfant, si elle vient, me voie éreinté, soufflant... Piètre ! Inutile coquetterie ! A ses yeux, ne suis-je pas de tout façon un « croûlant » comme elle me l'a laissé entendre ?

Me voici rêveur : serais-je amoureux de cette mystérieuse inconnue ? Je me refuse à le croire, ce serait grotesque. Je n'ai guère le genre de jouer les barbons de Molière. Je suis seulement séduit par toute beauté, en esthète, d'où qu'elle surgisse. J'aime les beaux paysages, les belles pierres, les statues, les chevaux... Tout ce qui enrichit ma sensibilité. C'est pour moi une gourmandise des yeux. D'ailleurs, avoir le sens de la beauté n'est-il pas la récompense des gens sachant la découvrir ?

Et puis, il y a autre chose, un instinct de « terre-neuve » qui sommeille en moi a tressailli en présence d'un être désemparé, ayant besoin qu'on l'aide.

Mon imagination galope... Peut-être le chagrin entrevu n'était-il qu'un chagrin d'enfant, que le temps aura bu avec la rosée du matin ?

N'est-il pas inconvenant et sot de guetter cette jeune fille ? Sans doute pas. Mes intentions sont pures, je ne veux que la secourir si elle en a besoin, et l'admirer en récompense. De nombreux Arabes aujourd'hui circulent dans les allées, ils parlent fort. Je n'ai jamais aimé cette langue ni cet accent, je les trouve discordants et gutturaux. En marchant lentement, j'arrive au rond-point où j'étais hier. Tous les sièges sont vides. On entend de très près le chant des oiseaux, et le vent murmure dans les souples roseaux dont les feuilles longues et pointues se dressent dans l'azur, comme pour s'envoler.

Il va être quatre heures, elle ne viendra pas, j'en suis sûr maintenant. Quelle sottise ! quelle vanité d'avoir pu supposer que l'intérêt que je lui porte ait été réciproque !

Je suis distrait par un indigène venant s'asseoir près de moi. Il est âgé, propre et digne dans son burnous blanc. Il s'évente avec un rectangle de raphia monté sur un bambou.

— Bonjour M'sieur, fait chaud « aujord'hui » !

— Je ne sais pas... (au reste, le temps qu'il fait m'importe peu).

— C'est bientôt l'été, tu sais ? Et ici, il est terrible, surtout quand il est en avance, comme cette année.

— Je sais, je suis du pays.

— Ce n'est pas possible, tu n'en a pas l'air, et tu parles comme un Parisien.

— Vous connai... (je me souviens qu'il vaut mieux le tutoyer), tu connais Paris où j'habite, en effet ?

— Non ! mais j'ai vu la Tour Eiffel en carte postale, l'Arc de Triomphe aussi. Si les choses s'arrangent ici, j'irai les voir pour de bon. En ce moment, c'est impossible, j'ai deux fils dans l'armée... (il ne dit pas laquelle...) et je ne veux pas trop m'éloigner d'eux. Tu sais, moi j'aime la France, c'est mon pays, mes frères malheureusement ont le cou monté, ils croient qu'ils seront plus heureux si les autres Français partent d'ici. Y sont fous ! y regretteront !

Je lui dis que je le crois aussi, mais si mon cœur bat soudain, c'est pour une toute autre raison : voici l'enfant d'hier qui vient à ma rencontre, un œillet rouge à la main : l'azur paraît plus pâle.

— Bonjour, monsieur ! Vous le voyez, je suis venue à la même heure, sûre de vous retrouver.

Elle me tend spontanément sa main brune un peu abîmée.

Le vieil Arabe nous regarde avec surprise, puis il hoche la tête poliment, il croit à un vrai « rendez-vous galant » et la chose lui paraît indécente. Que pense-t-il de moi en sa rudimentaire philosophie ? Je ne le saurai jamais.

— Bonjour, mademoiselle.

Son visage aussi, vu de près, est un peu terni, les narines sont pincées, le regard est un peu flou et son sourire est plus « Joconde » que jamais. Une sorte de gêne s'installe entre nous. Elle mordille son œillet.

Je lui dis en riant :

— Vous semblez avoir faim. N'avez-vous pas déjeuné ?

Elle secoue sa tête aux cheveux un peu emmêlés mais admirables et brillants de jeunesse. Je remarque sa pâleur sous le hâle doré. Elle a un instant d'hésitation puis répond, honteuse :

— Je n'ai rien pris depuis hier matin.

— C'est insensé à votre âge !

Je pense sottement aux Parisiennes se privant de manger pour leur ligne :

— Vous suivez un régime ?

. Elle me regarde, interdite que j'aie pu le supposer :

— Non. Je n'ai plus d'argent.

— Mais vous n'êtes point chez vos parents ?

— Je les ai quittés depuis trois jours.

Une fugue ! Comment ne m'en suis-je pas douté ?

— Il faut retourner chez vous, mon enfant. Votre mère doit être folle d'inquiétude ?

— Ma mère est morte il y a dix ans. J'ai une belle-mère, elle se moque bien de moi, et mon père aussi.

— En êtes-vous certaine ?

Elle hoche la tête avec amertume sans répondre.

— Voyons, où habitez-vous ?

— A Birkadem.

— Mais c'est un village relativement loin d'ici.

— Oui, à douze kilomètres à peu près... Figurez-vous que je voulais partir pour la France, pour Paris exactement. Le frère de maman qui m'aimait bien (il est mort aussi) m'a donné

— 42 —

trois cent mille francs, ils sont à la caisse d'épargne et je croyais pouvoir les toucher afin de payer d'abord mon voyage... Hélas ! l'autorisation de mon père est, paraît-il, nécessaire ; alors, je ne puis plus partir, car il ne voudra pas me la donner...

Emu, je lui dis ce que je crois devoir toujours dire en pareil cas, lorsque je reçois à *Paris-France* des confidences de ce genre :

— Votre père a probablement ses raisons. Vous jugez mal vos parents sans doute à un âge où on les considère injustement parfois comme des ennemis... Hélas ! je sais que souvent ils le sont ! Que d'enfants mal aimés !

Mais je suis là, pérorant en moi-même, tandis que cette petite meurt de faim.

Je lui prends la main :

— Venez vite ! L'établissement des « Sablettes » existe encore ?

— Oui, je crois.

— Je ne sais si on pourra vous servir un repas à cette heure, mais nous allons nous débrouiller.

Elle me regarda, déjà reconnaissante :

— Un sandwich suffira. Vous êtes gentil... J'ai un peu honte...

Nous voici installés à la terrasse de ce chalet de bois, qui depuis mon enfance domine une mer écumeuse.

La petite affamée dévore deux sandwiches au jambon, avec une avidité de jeune animal.

Elle s'arrête soudain de mastiquer, et je vois un sourire malicieux dans son regard fauve :

— Vous savez, je n'ignore plus qui vous êtes. Hier soir, j'ai lu *Paris-France* chez mon amie Angèle, il y a votre photo dessus, c'est pour ça que je suis revenue.

Elle m'a reconnu dans cette abominable photo que la direction du journal a choisie pour la mettre en tête de ma rubrique chaque semaine...

— Je vous trouve mieux au naturel.

Le temps de ma stupeur d'une telle coïncidence, elle m'examine encore avec la même attention que la veille et me dit gentiment :

— Ces cheveux blancs sur les tempes vous vont bien.

— Parlons plutôt de vous. Quel est votre nom, petite fille ?

— Jasmine. Jasmine Ortégar. Mon grand-père paternel, qui était Kabyle, disait Yasmina.

— Quel nom joli ! et comme il vous va !

Sa carnation est aussi nacrée qu'un pétale.

— C'est mon oncle qui me l'a donné, il était aussi mon parrain.

Ses yeux s'embuent :

— Lui m'aimait vraiment... Les fellagahs l'ont tué sur la route de Birmandreis. Il tenait parfois tête à ma belle-mère qui a fait de moi la bonne de ses six enfants qu'elle avait déjà quand mon père l'a épousée. Au lieu de me faire travailler et apprendre un métier, on a fait de moi le souillon de la ferme. C'est pourquoi j'ai décidé de partir avant-hier. Je n'ai pas de temps à perdre pour me faire une situation, mes plus belles années sont déjà passées.

Sa candeur ne me fait point sourire :

— Vous dites des sottises, Jasmine, vous avez devant vous des tas de belles années !

— Que voudriez-vous faire ?

— J'aimerais chanter, enregistrer des disques, me produire au music-hall. Je chante juste, aussi bien que... et que... Elle me cite ses « idoles ». Je la crois sans peine quand elle me dit qu'elle chante aussi bien qu'elles, et je fais la grimace devant ma citronnade tiède.

Ces jeunes dieux de la chanson me paraissent pour la plupart exécrables. Sans voix, sans diction la plus élémentaire, ils répètent sur un rythme accablant des phrases insanes, et cela des douzaines de fois, courtoisement, pour les personnes atteintes de surdité sans doute ?... Mais je garde ces réflexions en moi.

— C'est un métier difficile, Jasmine, où il faut beaucoup de chance et de relations.

— Vous devez en avoir beaucoup puisque vous avez été chanteur ? Je l'ai lu dans *Paris-France.*

— Non, sans beaucoup de relations, je fus une exception, mais ma carrière a été courte.

— Vous pourriez peut-être m'aider ?

Maintenant, je le pourrais, plus qu'elle ne le pense, mon neveu Christian n'est-il pas le bras droit du plus grand impresario de France, Luc Turner ? Mais je ne le lui dis point.

— Avant toute chose, petite, je voudrais vous aider à rentrer chez vous. Ensuite, si vous le désirez, nous pourrons rester en relations. En attendant, mangez quelque chose.

— Vous croyez ?

— Je vous en prie !

— J'aimerais un gâteau.

Le garçon apporte une énorme part de « mouna », le gâteau de Pâques algérois. Elle la dévore.

Je lui demande enfin :

— Pourquoi pleuriez-vous hier ?

Elle fait la moue, hausse les épaules :

— Est-ce que je sais ? Je pleurais sans doute

de découragement sur ma vie bête, et... de la déception de n'avoir pu toucher mon argent. Tous mes projets s'écroulaient.

— Où avez-vous couché ?

— Chez mon amie Angèle. Mais il lui est, paraît-il, arrivé des parents réfugiés de Constantine, elle n'a plus de place. Je crois surtout qu'elle ne veut pas se mettre à dos mon père. C'est un ami du sien et elle le craint.

— Le vôtre pourrait vous faire ramener entre deux gendarmes, le saviez-vous ? Les mineures n'ont guère le droit de courir les routes et les villes seules sans autorisation. Il faut être raisonnable et rentrer.

— Il n'y a plus de car pour Birkadem depuis huit jours, la ligne est suspendue.

— Comment êtes-vous venue, alors ?

— En auto-stop.

— Que d'imprudences vous avez commises ! Je vous prends sous ma protection. Nous trouverons pour vous une chambre à « l'Alletti » ce soir.

— Ah ! vous êtes chic ! Mais...

Elle semble soudain effrayée :

— C'est un palace !

— Peu importe ! C'est l'hôtel où je suis descendu, mais sachez que je vous raccompagnerai demain en taxi à Birkadem. J'essaierai de calmer ces parents terribles s'ils vous en veulent trop ; d'accord ?

Elle ne me répond pas tout de suite, elle réfléchit et je regarde alors la plage toute proche, les baigneurs peu nombreux et les quelques bateaux fumant à l'horizon.

— Oui, dit-elle enfin, soupirant. Mais combien de temps devrai-je rester à Birkadem ? Quel est là-bas mon avenir ?

— Eh bien ! il y a des garçons dans votre village et en Alger qui est si près. Puisque vous semblez le souhaiter, vous vous marierez, Jasmine, vous aurez des enfants. A votre tour, vous fonderez un foyer. C'est aussi simple que cela. N'enviez pas ce que vous croyez être la chance des Parisiennes, trouver l'homme de sa vie parmi huit millions d'habitants, paraît une gajeure. Ici, la réalité paraît bien moins modeste.

Tout cela est vrai sans doute, et pour laisser à cette enfant ses illusions, je ne lui dis pas combien il semble difficile d'aimer et d'être aimé sincèrement pour le meilleur et pour le pire.

— Mon père accepterait que je me marie tout de suite, à la manière arabe, en recevant d'un monsieur de n'importe quel âge une somme importante, selon la coutume islamique.

Elle repousse, enfin repue, l'assiette de mouna.

— Etes-vous célibataire ?

— J'ai une fiancée depuis six mois.

— Je suis sûre qu'elle est jolie.

— Très !

— Pourquoi cette attente, six mois ? C'est du temps de perdu.

Et elle pense qu'à mon âge, on n'en a plus tellement !

— Ma fiancée fut déjà mariée, elle est en train de divorcer. Je l'épouserai sans doute bientôt, quand la loi me le permettra.

— Elle est chanteuse ?

— Non, quelle idée ! Elle dirige une école de mannequins.

— Oh ! j'aimerais tant présenter des robes ! C'est aussi un de mes rêves... J'ai vu des défilés de mode au cinéma, les filles y étaient merveilleuses ! J'aimerais tant être mannequin !

Allons ! cette enfant n'a guère encore de vocation bien définie. Pour elle, c'est exactement tout... plutôt que Birkadem ! Son travail et son foyer lui déplaisent : elle est la mal aimée d'une famille nombreuse et sans trop de moyens.

Je change de sujet :

— Avez-vous des petits frères ?

— Ce ne sont pas mes petits frères, mais ils sont six !

— Pourquoi ne les considérez-vous pas comme tels ? Ils ne sont guère gentils ?

— Oh ! vous savez, l'aîné a neuf ans, c'est encore un gosse. Le dernier n'en a que deux, c'est le plus mignon. Il est encore très doux, mon Ignacio, très caressant. Les autres sont encouragés par leur mère, ils me brutalisent, me griffent en me disant des choses qui me font de la peine. Je ne puis me défendre, car mon père, aveuglé, prend sévèrement leur parti.

— On ne peut trop en vouloir à des enfants de cet âge qu'on raisonne mal.

— Non, bien sûr, dit-elle avec une conviction gentille, mais c'est pénible et déprimant. D'autre part, ne pourrais-je faire mieux que de laver, repasser du linge à longueur de journée, sans compter les parquets que je lessive. Je donne aussi à manger aux volailles, je fais une énorme vaisselle.

— Quel est le métier de votre père ?

— Il est devenu cultivateur en épousant sa femme avec sa propriété et tous ses enfants.

Quand nous vivions en Alger, il était garçon de bureau à la préfecture, nous habitions Belle-cour avec ma mère qui était bonne et douce. Ah ! maman !

On voit qu'elle retient une envie de pleurer.

— D'où elle est, elle vous voit, ma petite fille, il ne faut pas la décevoir.

Elle me regarde butée, braquée encore sur son rêve :

— Vous ne voulez pas m'emmener à Paris ?

Je sursaute :

— Non, voyons ! c'est impossible. Que diraient vos parents ? Que penserait-on de moi ? Je suis un homme et vous êtes une jeune fille. Et puis, je vous trouve encore trop enfantine pour évoluer, pour vous « débrouiller » en une capitale aussi cosmopolite, aussi dangereuse, même avec mon appui. Soyez patiente, votre destin se trace. Vous êtes trop jolie, et je crois trop intéressante pour que quelqu'un ne finisse par s'en apercevoir, où que vous soyez. A mon âge, quand on a reçu tant de confidences, on a une certaine expérience des choses. Vous serez heureuse, Jasmine, je vous le prédis, si vous savez attendre. Nous resterons en relations, voulez-vous ?

— Je n'osais vous le demander.

Elle me sourit, un peu calmée. Des hommes se battraient pour ce sourire...

Il va être six heures, le ciel commence à foncer :

— Vite, mon petit, retournons en ville pour retenir votre chambre.

— Vous me direz combien vous la paierez, et je vous rembourserai quand j'aurai pu toucher mes trois cent mille francs.

C'est à mon tour de sourire :

— C'est cela, j'y compte !

Avec un air grave, elle m'a fait cette promesse.

Nous prenons l'autobus sans échapper à la fouille, et en route, je demande à mademoiselle Ortégar si elle a un petit bagage à prendre chez son amie Angèle. Non. Elle est partie sans une valise pour ce long voyage, afin de ne pas attirer l'attention de son père, avec seulement sa méchante robe de tous les jours. Sa « copine » lui a prêté une chemise de nuit, la veille.

— Bon, je veux vous en offrir une pour ce soir. Avez-vous un magasin préféré ?

Elle ouvre ses grands yeux pailletés d'or...

— Nous achèterons aussi un savon, une brosse à dents... un peigne. Son regard a le sourire d'une femme à qui on offre des bijoux de prix. Mais elle soupire :

— Je serai en dette envers vous !

— Soyez sans inquiétude.

— Nous pourrions aller aux « Galeries de France » ? Non. « L'uniprix » serait moins cher.

Nous allons aux « Galeries de France », le magasin de ma jeunesse où tous les beaux jouets de Paris symbolisaient pour moi la capitale des cadeaux et de la joie, comme pour Jasmine aujourd'hui.

Nous achetons aussi, malgré les protestations peu convaincantes de cette enfant, un petit flacon d'eau de Cologne fraîche. Jasmine avait voulu choisir une chemise d'un rose... trop oriental, je l'en ai dissuadée pour une nuisette vert d'eau lui paraissant digne d'une princesse. Ce sont ses yeux qui le disent. J'achète, pour mettre le tout, une petite valise de bains en toile cirée blanche.

Le bar de l'« Alletti » est plein de messieurs graves et ventripotents, avec ça et là dans les groupes quelques taches de burnous blancs et marrons. J'entends du concierge que je ne pourrai avoir pour ma jeune protégée qu'une toute petite chambre à lucarne.

Chacun la regarde avec curiosité, elle est si jolie et... si pauvrement, si mal habillée pour ce lieu élégant ! mais nous n'en avons cure.

— Je vous donne un quart d'heure de toilette, lui dis-je intentionnellement en regardant ses cheveux emmêlés, et nous irons dîner.

Elle incline la tête avec le plaisir d'une enfant gâtée, mais sans desserrer les lèvres. J'ajoute :

— Vous n'aurez pas très faim après ce goûter tardif.

Ses joues se colorent :

— Oh ! si !

C'est vrai, suis-je bête ! A quinze ans, quand n'aurait-on point d'appétit ?

L'ascenseur nous sépare au quatrième étage où j'ai ma chambre, le liftier conduit Jasmine à la sienne.

Jamais je n'ai trouvé la baie plus belle ! La pureté de ce petit être féerique dont je ne sais pas grand'chose, me remplit d'une euphorie contre laquelle je devrais lutter ? Et pourquoi ? Je m'interroge encore : ni barbon à pupille, ni Pygmalion de vocation, c'est certain. Jasmine est la fille que j'aurais pu avoir, si je m'étais marié plus tôt. Quelle tentation de faire profiter cette enfant de toutes mes expériences pour une vie heureuse et sans heurt.

Ce serait une belle tâche. Mon voyage ne peut pourtant pas se prolonger, et Paris est loin où elle ne viendra sans doute jamais, séduite à son heure par un garçon d'ici ou de son village, qu'elle épousera sans regret, sans conseil. Mais je ne puis guère m'empêcher d'envier ce garçon-là. J'appréhende un peu de la raccompagner demain dans ce foyer médiocre où un peu de tendresse aurait pu l'attacher. Que vont dire ses parents ? J'imagine bientôt une scène pénible. On frappe à ma porte :

— Entrez !

C'est elle, ses beaux cheveux miraculeusement lissés, son parfait visage ovale que l'eau froide a rosi a des lèvres plus rouges. Cette petite coquette avait donc un tube dans son sac, ce dernier est vraiment piteux. Comment n'ai-je point pensé à le lui remplacer ?

Elle est intimidée par le décor :

— Vous avez une belle chambre. Oh ! ces jolis flacons !

C'est un vieux nécessaire en vermeil que j'ai traîné dans tous les pays depuis vingt ans. C'est vrai, cette chambre est belle, vaste, avec ce luxe inouï pour un Parisien de deux fenêtres sur la mer que le bref crépuscule commence d'argenter. Mais c'est Jasmine, et elle seule, qui répand autour d'elle la beauté comme une auréole. Elle illuminerait un taudis. Son futur mari devra être un prince charmant, ou ne pas être... Dans la salle à manger scintillante de cristaux, sous les douces lumières, les gens sont peu nombreux. Chacun parle bas, avec une certaine gravité. Au fait, il se passe ici un drame, et moi je suis en pleine féerie...

J'avais peur que ma petite protégée n'ait le

verbe trop éclatant, il n'en est rien. Avec un tact inné, elle qui n'a jamais mis les pieds dans un palace, comprend qu'elle ne doit point ici élever sa voix chantante, comme au jardin d'essai.

Elle chuchote en prenant une première cuillerée de potage, après avoir essayé de prendre son couvert successivement de ses deux mains :

— Vous devez être très riche ?

Et elle fixe ma chevalière en or un peu trop grosse comme c'en était la mode en trente-neuf.

— Oh ! Mais non !

— Alors, comment faites-vous tous ces frais pour moi ?

— On ne peut être à chaque instant de sa vie un égoïste, de temps en temps je pense aux autres et je les aide.

— Comme vous faites dans *Paris-France ?*

— Vous voyez que ce n'est pas toujours gratuitement puisque le journal me paie.

Elle hoche la tête, volontaire :

— Moi, je vous paierai aussi.

Chère candeur ! Ne suis-je pas déjà cent fois payé ?

Elle soupire :

— Dire que demain vous m'emmènerez à Birkadem, et que je ne vous reverrai sans doute plus. Vous savez... J'achèterai chaque semaine *Paris-France* pour vous lire. Elle a un clin d'œil complice : ce sera comme un lien entre nous.

— D'accord.

J'essaie de la rassurer, alors que je ne le suis guère moi-même, sur le lendemain :

— Vos parents, quoique vous en pensiez,

seront heureux de ce retour. Je leur parlerai, ils seront indulgents.

Elle me lance un regard morne :

— Ma belle-mère retrouvera sa servante.

— Et vous retrouverez le petit Ignacio, et puis je reste ici quelques jours, nous pourrons nous revoir, je le leur demanderai. A partir de samedi, le service entre Birkadem et Alger sera rétabli, je l'ai entendu dire au magasin tout à l'heure. Pour demain, nous irons en taxi.

Je lui prends sa main fiévreuse, un peu tremblante :

— N'ayez pas peur, tout se passera bien.

La corbeille de fruits splendides au dessert me prouve que les joues de Jasmine sont plus appétissantes encore.

IV

Le lendemain, il fait gris, et la route vers son village ne me rappelle rien. Pourtant, mon père avait une propriété à Birkadem, et j'ai dû faire ce chemin bien des fois, également en voiture. Ma petite amie a passé une mauvaise nuit, elle m'a confié en montant dans le taxi :

— J'ai le cafard.

Quelle vilaine expression pour une jeune fille, je la secoue un petit peu, mais pour la réprimander, je ne trouve que des banalités, de celles qui n'ont jamais servi à grand'chose. J'essaie de la convaincre pourtant qu'il y a un malentendu entre elle et sa famille, qu'il pourrait se dissiper par une franche explication, qu'on l'aime bien malgré tout... Qu'est-ce que j'en sais ?

Sur les indications de Jasmine, l'auto s'arrête devant une petite maison basse et grise, entourée de vignes, au bords du talus. Des poules caquètent et cherchent leur nourriture sur un petit tas de fumier.

— C'est là, murmure-t-elle.

Et la main brune devient blême en serrant la petite valise en plastique.

Je prie le chauffeur de m'attendre un quart d'heure.

Le rideau de l'entrée de la maison, en perles de bois jaunes et roses, s'écarte d'une lourde poussée, une forte matrone, un torchon à la main, lance à la cantonnade :

— La voilà, c'est elle !

Aussitôt, quatre petits garçons tout barbouillés s'approchent de la jupe crasseuse.

Jasmine ne baisse point la tête comme je l'aurais cru ; si elle a des regrets, c'est de revenir ! Elle dédaigne donc de jouer la comédie. Mais que regarde-t-elle si loin, vers l'horizon gris ? Le père paraît. Son vieux pantalon sans couleur menace de tomber de ses maigres hanches. Il a tout du hibou : les yeux ronds bêtes et avides, le nez crochu, la bouche mince au mauvais pli...

Comment cette adorable enfant peut-elle être sa fille ?

Il me tend une main rugueuse d'agriculteur :

— Vous ramenez la petite ? Qu'est-ce qui lui est arrivé ?

J'ai préparé deux ou trois mensonges et je débite le moins plausible, bafouillant un peu :

— Je suis journaliste à *Paris-France*, j'étais en rapports épistolaires avec mademoiselle Ortégar. Ma rubrique est faite de conseils... Elle est assez suivie par les jeunes... (cela ne lui dit rien évidemment). Votre fille s'inquiétait de son avenir, et elle savait par la presse que j'arrivais en Alger, alors elle a voulu me connaître et m'entretenir de quelques idées... Justement, le service d'autobus a été supprimé pour quelques jours, j'en ignore l'exacte raison bien sûr ! Et comme vous n'avez pas le téléphone...

Enfin, je vous ramène votre fille, dis-je piteusement, elle n'a fait que la sottise de ne pas vous prévenir de son départ.

La belle-mère croise ses bras sur ses gros seins. Elle seule m'a vraiment écouté, et laisse tomber d'un ton rogue, sans appel :

— Elle est partie le jour de la lessive !

Sans me tendre la main, sans un mot aimable, et son regard reste dur.

Le père Ortégar ne dit rien encore : c'est un homme n'ayant aucune qualité pour cela, qui lui ramène sa fille disparue depuis deux jours, ayant couru des dangers sans doute ? Il ne s'en étonne ni ne s'en émeut, il me jauge...

J'ai gardé du temps de ce que j'appelle « ma splendeur », quand j'étais une vedette bien payée, le goût de toujours m'habiller chez un grand tailleur : Cristiani, rue de la Paix. Le rustre m'examine et s'y connaît : je lui parais prospère, et il ne lui déplaît visiblement pas que sa fille ait une relation jugée importante et peut-être bien utile ?

— Entrez prendre quelque chose, dit-il enfin d'une voix rocailleuse qui roule les « r » comme un Pyrénéen :

« Mais le taxi va vous coûter cher. Je vous avertis que je ne paye pas la place de Jasmine. Elle n'avait qu'à rester chez nous. D'ailleurs, vous savez, c'est une petite cachottière, elle a de l'argent. »

La petite va répondre, sa belle-mère l'en empêche d'un regard furibond. Elle lui ordonne :

— Allez, rentre donc, toi ! Il y a du repassage qui t'attend.

J'imaginais tout de même autrement le

retour de l'enfant prodigue. Ces gens-là se contentent de peu, ils paraissent seulement irrités d'avoir été privés de bonne à tout faire pendant quarante-huit heures. Le retour de celle-ci les rassure, et mon cœur se serre : oui, Jasmine a raison, elle est mal aimée, ou plutôt pas aimée du tout.

Je me penche vers les enfants qui me tendent leurs mains : comment n'ai-je point apporté de bonbons ?

Malgré leurs protestations aiguës, on les renvoie vers la pièce du fond où ils commencent à se disputer avec bruit.

Dans la salle où l'on m'a fait entrer, blanchie à la chaux il y a longtemps, nous prenons place autour d'une table ronde un peu boiteuse recouverte d'une toile cirée aux couleurs criardes. Mme Ortégar, qui ne dit guère de mots, regarde avec rancune sa belle-fille en posant devant nous un grand pot de citronnade douteuse (je ne pourrai jamais boire cette horreur).

Je regarde ma protégée, elle paraît résignée, conservant pour elle ce rêve d'évasion manquée qu'elle n'a pas fini de revivre...

Un tout petit enfant que je n'avais pas vu grimpe sur ses genoux, l'embrasse ; eh bien, voilà quelqu'un qui l'aime ! Il s'agit d'Ignacio, celui qui ne la griffe jamais, se laissant gentiment caresser.

Je sors un billet de dix francs de mon portefeuille pour le mettre dans la menotte tendue :

— Voici pour des bonbons que tu partageras avec tous tes frères. Ce petit qui a deux ans comprend très bien et répète : « J'aime bonbons ! » en allant donner sagement le billet à sa mère dont enfin le sourire édenté me remercie :

— Embrasse le monsieur, dit-elle à son fils.

Très intimidé, il me fait seulement des yeux ravis pour me combler. Jasmine me regarde, incrédule, et je sens son léger reproche : suis-je assez naïf de croire que ce billet servira à autre chose qu'à acheter une bouteille d'anisette ? Il y en a une douzaine en rangs serrés, vides, rangées comme des bibelots sur le bahut de bois noirci.

On me pose tout de même des questions sur moi, sur Paris, sur la France. Je réponds n'importe quoi tant il me tarde de partir, et l'attente du chauffeur, pendant que le compteur tourne, est un excellent prétexte dont je me garde bien de ne pas profiter. Je me lève après avoir décidé le couple à m'envoyer leur fille le dimanche pour passer la journée avec moi.

— Elle ira, fait la femme, si elle laisse ici tout en ordre.

Allons, heureusement que mon antipathie n'est point partagée. Je leur affirme :

— Jasmine me servira de guide. Alger a bien changé, je ne reconnais rien.

Le père aussi acquiesce :

— Je compte sur vous pour qu'elle rentre le soir.

— Bien sûr, je la raccompagnerai jusqu'au car.

Je tends la main à M. et Mme Ortégar, et je rencontre encore le regard de la jeune fille : j'ai déjà vu au Sahara ce regard flou, humide, de gazelle blessée...

Mes propres yeux lui disent : dimanche est dans trois jours, et au fond les choses auraient pu se passer plus mal :

— Je vous attendrai, petite fille, entre onze heures et midi à l'arrêt du square Bresson.

Elle ne répond qu'avec sa tête en serrant mon poignet, puis se sauve au fond de la maison pour reprendre vite son ingrate besogne interrompue trois jours.

Sur la route avec le chauffeur qui maugrée parce que le soir est proche et possible l'embuscade, j'ai mauvaise conscience. Jasmine est malheureuse dans ce milieu qu'elle n'a pas choisi. Mais que pouvais-je faire ? Comment inculquer à ces gens frustes qu'elle a besoin d'amour ?

Le ciel est rayé d'azur mauve, de rose doré. Quel beau ciel ! quel beau pays ! et... comme Jasmine est attachante !

Nous arrivons à huit heures à l'hôtel, car nous avons rencontré deux patrouilles de gendarmes « harki », il a fallu leur montrer nos papiers et surtout ma carte tricolore de journaliste professionnel qui a fait impression et réduit les questions oiseuses. Il fait presque nuit. Le chauffeur réclame un double pourboire que je lui accorde. Ma bourse de vacances, au rythme où je la distribue, va vite s'épuiser. Bien que mes moyens soient beaucoup plus limités que jadis, je fais exactement pour mon argent comme si rien n'était changé. Edith l'assure : c'est le meilleur moyen pour redevenir aisé. Aimable paradoxe que je ne comprends guère. Ma fiancée a dix ans de moins que moi, mais, semble-t-il, beaucoup plus d'expérience en ces choses. Elle a toujours vécu en toute lucidité. Faisons-lui confiance. Mes faiblesses s'en accommodent si bien ! Le lendemain, je reçois une lettre de Paris où elle me décrit la réception de M. V..., un important industriel, où « on était déguisé en bête ». Elle était en panthère avec une invraisemblable queue dont chacun s'amusait. « Que n'étiez-vous là ! Mon succès m'a enchantée. Et Balmain fut très fier de m'avoir confié ces peaux royales. On m'a fait la cour. Vous auriez dû rester pour assister à ce bal : il y avait là toute la presse, la « grande ». Votre escapade en Algérie ne vous rapportera rien, tandis que j'aurais pu ici vous présenter des gens importants lors de ce gala. C'est une occasion perdue. Comme vous avez peu d'ambition ! » C'est vrai, je n'en ai jamais eu, me satisfaisant d'un « train de vie » confortable. Quoi qu'en dise Edith, aujourd'hui, c'est bien tard pour regretter et agir. Cependant, dans son intérêt, je devrais le faire. Je sais que la « grande saison » bat son plein dans la capitale, mais je suis fatigué de mondanités. Une certaine solitude seulement entouré de quelques rares amis ne me déplaît pas. Ma « fiancée » termine sa lettre en écrivant gentiment : « Revenez vite, vous manquez beaucoup à un tas de gens ! » Elle exagère ! Charmante Edith ! D'où vient que mon cœur ait encore quelques réticences ? Pourquoi cette absurde prétention d'exiger des êtres que je peux aimer une certaine perfection, alors que je suis, hélas ! l'imperfection même ?

Peut-être a-t-elle aussi, sans savoir l'exprimer, cette profondeur sensible qu'également on me refuse ?

Je passe l'après-midi à errer dans les rues.

Je m'arrête sur le hautain perron de la grande poste où tous les jeunes gens donnaient jadis leur premier rendez-vous. Debout sur les longues marches blanches, sous la gigantesque horloge, je regarde passer la vie des autres. Cette foule courageuse n'a point l'air inquiet, chacun vaque à ses occupations dans le calme. Pourtant, je le sais, une bombe peut éclater n'importe où, à n'importe quel moment... C'est difficile à réaliser.

Je remonte la rue Michelet et je retrouve intacte la maison de mon enfance. Je continue jusqu'au parc de Galland et m'émerveille de retrouver, parmi les massifs de lauriers-roses et d'œillets, le cadran solaire aux dessins d'or où je rêvais jadis, comme Jasmine, moi aussi, d'évasion. J'y comptais les heures qui me séparaient de Paris, où je pensais seulement pouvoir donner ma mesure... Je n'ai rien donné du tout, mais Paris m'émerveille encore tant que je le découvre. C'est dans cette capitale de l'esprit que se trouvent les vrais mirages. C'est une ville aux mille facettes brillantes et trompeuses. Gare à ceux qu'elle attire !

Je frémis un peu en pensant que Jasmine aurait pu s'égarer seule en ses murs, comme une biche dans la jungle. C'est le soleil qui, auréolant ici toutes choses, me fait penser à elle, et vibrer à son souvenir.

Le son grêle d'une flûte me fait tourner la tête. Au bord d'un bassin clair, un tout jeune Arabe, un enfant, sa petite chéchia de travers, se mire dans l'eau avec en bouche un instrument de roseau colorié. Il joue très agréablement et d'instinct une mélodie aiguë, cherchant la sensibilité de ceux qui l'écoutent, en l'occurrence d'abord trois petites filles qui jouaient au ballon tout à l'heure. Leur petit nez en l'air, elles hument les notes comme des bonbons acidulés. Quel joli tableau dans cette lumière ! Je n'avais pas vu cette vieille dame sur le banc, qui les rappelle impérieusement en rangeant son tricot dans un sac de toile. Les fillettes font la moue et obéissent sagement sans un mot, sous le charme. Le flûtiste, qui ne les voyait pas, continue à s'enivrer au soleil, peut-être de sa mélodie ? Peut-être de son image sur l'eau frissonnante et pailletée du bassin ?

J'imagine que, de toutes façons, il ne joue plus que pour lui, et je m'éloigne.

Que ce dimanche sera long à venir ! Malgré leur gentillesse, je n'ai nullement envie de revoir mes cousins, sinon pour leur dire adieu à la fin de mon séjour, et la solitude ici que je croyais chérir, commence à me peser. Cette affection très pure que je ressens pour la charmante enfant de Birkadem prend des allures de caprice. Me voici impatient de la revoir. Un marchand de journaux passe et j'achète une feuille que je lis tout en marchant. J'y apprends que le couvre-feu sera désormais et jusqu'à nouvel ordre prolongé jusqu'à vingt-deux heures. Les choses vont donc mieux ?

Je pourrai ce soir baguenauder parmi les navires, sur le port, les yeux vers les étoiles.

Il y a souvent ici des clairs de lune magiques impossibles à Paris, sinon sur la scène de l'Opéra quand on joue *Wagner*.

Le lendemain samedi, je veux visiter la Kasbah. Un agent me prévient que ce peut être dangereux, il m'affirme qu'elle sera d'ailleurs bientôt interdite aux Européens. Je n'en ai cure.

Ce quartier ancien et typiquement arabe a

des ruelles d'une invraisemblable étroitesse, et je monte marche à marche vers son sommet à travers les maisons basses aux volets pleins et clos, dans cette aveugle voie déserte. J'y rencontre cependant une très jolie Mauresque. Le léger voile de son visage au front tatoué permet de voir des yeux noirs magnifiques, largement fardés de kohl, et la silhouette a une grâce pleine de mystère, elle passe, muette, quand je la salue, furtive comme une ombre, mêlant son parfum de rose aux odeurs d'épices et de fritures. Le ciel apparaît mince et bleu entre les terrasses jumelles et si rapprochées qu'elles se confondent.

J'ai connu la Kasbah grouillante d'autrefois. Elle était, à la même heure, pleine de femmes fardées, de matelots et de marchands. Et ces ruelles devenues solitaires, silencieuses, font apparaître, mieux que les récits des journaux ou des gens, qu'il se passe quelque chose « aussi » loin des djebels et des endroits où l'on se bat vraiment. Ici, la révolte ombrée couve...

Des pas d'hommes très cadencés résonnent, c'est une patrouille qui descend. Le sergent qui la commande me prie poliment de descendre avec eux. Ce que je fais avec un instinct de prudence retrouvé, jusqu'à la place du Gouvernement où je quitte les soldats pour aller vers l'hôtel à pied.

En passant au square Bresson, je m'enquiers de l'heure d'arrivée pour demain du car de Birkadem.

— Environ dix heures, m'est-il répondu, en ce moment les horaires sont très approximatifs.

Voici dimanche enfin ! Les églises carillonnent de tous côtés et le temps paraît devoir être splendide.

Que ferons-nous cet après-midi ? Ma petite reine décidera.

La voici sautant hors du véhicule comme une enfant, pas très grande mais mince et souple dans une robe de coton bleu très dur, qu'aucune femme ne pourrait supporter sans s'enlaidir. Elle tient à la main le petit sac de plastique que je lui ai acheté, et de loin, ses yeux me remercient d'être là sans qu'elle ait à me le dire. Je la prends par le bras pour la conduire dans le square tout pépiant d'oiseaux où nous nous asseyons.

Elle sort aussitôt de son petit réticule un mince album de bandes dessinées, qu'elle me tend. J'y lis « L'histoire d'une reine » et je bouscule les affreuses images coloriées : il s'agit, à n'en point douter, de Marie-Antoinette.

— J'ai trouvé ça dans l'autobus, sur la banquette, et je l'ai « tout » lu pendant le voyage. « Tout » est vrai, n'est-ce pas ?

— C'est bien sûr de l'histoire ! probablement très romancée. Ne lisez-vous jamais de vrais livres, Jasmine ?

— Si, quand le curé m'en a prêtés et que ma belle-mère ne me voit pas... Elle dit que c'est du temps perdu... Cependant, la bibliothèque du pauvre homme est réduite, elle ne contient guère que des récits de voyages.

— C'est très intéressant, non ?

— Je préfère les livres d'histoire, et je voudrais lire de beaux romans d'amour !

Elle me fait rire franchement :

— Je comprends que le curé n'en ait point,

vous avez bien le temps d'apprécier cette littérature.

— J'ai aussi lu et appris en classe à réciter quelques fables de La Fontaine, vraiment très jolies... Mais ce qui m'a le plus emballé, voyez-vous, c'est la lecture d'*Andromaque*... Dans un tout petit livre qu'Angèle m'a prêté.

— Une admirable tragédie ! Vous pourrez lire bientôt le théâtre de Racine qui vous parlera d'amour. Combien je vous envie d'avoir bientôt le bonheur de le découvrir !

Elle se tait, un instant songeuse, puis se fait véhémente :

— J'aurais bien voulu continuer mes études après le certificat. Mon bon oncle était d'accord, mon père ne l'a point voulu, et je lui en voudrai toujours !

— Pour le juger, il faudrait connaître ses raisons.

— « Ses » raisons lui ont été soufflées par son Espagnole de femme, à cause des petits dont il fallait que je sois la servante.

— Vous a-t-on tenu rigueur de votre escapade ?

— Ils m'ont seulement fait la tête, mais ils étaient au fond si contents de me voir revenir !

— Ecoutez, Jasmine, rien de plus vain que de vains regrets... vous vous instruirez vous-même. Puisque vous aimez la lecture, rien n'est perdu. Avant de partir d'ici, je vous achèterai quelques bons livres. Pourquoi ne point vous inscrire à la bibliothèque municipale d'Alger ?

— C'est une idée merveilleuse !... J'y prendrai un ouvrage sur la Révolution française dont je ne sais presque rien, et quand j'irai à Paris, je ne manquerai pas de voir la place de la Concorde « où tout finissait alors », m'a dit l'abbé Rivière. Comme il doit être émouvant de connaître ces lieux !

— Si vous savez ainsi vous instruire, vous deviendrez une autodidacte, ce qui est très méritoire.

Et je lui explique la signification du mot. Elle rougit de plaisir puis, brusquement :

— Je voudrais vous demander une chose, monsieur, tutoyez-moi. Personne ne m'a jamais dit « vous », et cela me gêne.

Je ne suis guère habitué à tutoyer, ce qui me valut longtemps la réputation d'un prétentieux dans le spectacle, où chacun se formalisait de mon vouvoiement.

— Entendu, Jasmine, dès cet instant je te dis « tu », mais appelle-moi au moins Alex, sans ce « monsieur » cérémonieux.

— C'est difficile, je n'oserai pas.

— A cause de mon âge ? Quel enfantillage ! J'ai l'habitude ; des tas de lectrices inconnues m'écrivent au journal « cher Alex », les plus jeunes me tutoient.

— C'est bien vrai ? Merci, cher Alex !

Elle regarde autour d'elle où les gens sont rares, respire en épanouissant sa jeune poitrine :

— Vous ne trouvez pas que l'air, ici, sent un tas de choses ? Je ne puis les définir.

Oui, « je trouve ». L'air sent les feuilles et la terre foulée, mais il sent surtout l'immense et profond parfum de la mer qui moutonne derrière la balustrade.

— Où veux-tu déjeuner, Jasmine ? Le restaurant de l'hôtel est un peu solennel pour notre jeune amitié.

— Où vous voudrez.

— J'ai repéré hier un petit endroit près de l'Amirauté, il me paraît très bien. C'est une maison mauresque très propre, avec de petites tables rondes incrustées de nacre. Toute la salle est vitrée, et si près de l'eau ! Il nous semblera voir venir la mer vers nous.

Elle acquiesce en battant des mains comme une gamine, et j'ajoute :

— J'espère que tu auras très faim.

Elle me répond avec une certaine gravité :

— Mais j'ai toujours très faim.

Mange-t-elle comme il faut dans ce foyer médiocre et délabré qui est le sien ? Elle ne m'en a jamais rien dit, par pudeur sans doute, pauvre enfant !

Elle semble deviner ma pensée et croit devoir m'expliquer :

— J'ai toujours très faim « quand c'est bon », et je crois qu'avec vous ce le sera.

Nous allons nous accouder à la rampe dominant la gare maritime. Il y a beaucoup de navires, et sur ceux qui sont loin, les hommes s'agitent comme de gros insectes. L'air est ici plus vif, et de larges fumées montent vers les petits nuages blancs. A gauche, l'étroit port des voiliers n'est guère garni, mais de joyeux drapeaux y flottent. Sur le boulevard, de nombreuses voitures se dirigent vers les banlieues, souvent pleines de jeunes gens rieurs et bruyants. Jasmine rêve et se tait. Je la regarde. Ses bras nus brunis de soleil sont un peu frêles pour ces rudes travaux dont on l'accable. Je remarque aujourd'hui qu'elle a soigné ses mains de Cendrillon. Elles étaient, au jardin, rougies et enflées. Je rêve aussi, mais je suis le seul à savoir combien nos rêveries sont différentes, moi qui suis presque au crépuscule de ma vie, alors que Jasmine n'en est qu'à son aurore. Il est extraordinaire qu'en compagnie de cette enfant pure, innocente, dont la fragile culture est si émouvante, tout me paraisse plus facile et léger. Même quand je songe au reportage ennuyeux qu'il faudra bien rapporter d'ici pour *Paris-France*.

Voici que le ciel commence à se couvrir, et un vent puissant fait flotter les cheveux de ma jeune amie. C'est le début d'une tempête. Nous nous réfugions au café « Glacier » qui existait déjà du temps que j'étais lycéen, et Jasmine paraît déçue. Si le mauvais temps s'installe, elle ne pourra guère se baigner. Elle me montre sans complexe, dans la petite valise, un costume de bain beige et rose, assez affreux.

— Que ferons-nous, petite, si la plage est impraticable ?

Une lueur claire passe dans ses prunelles :

— Si vous étiez chic... Enfin ! si j'étais sûre que cela ne vous ennuie en aucune façon, j'aimerais aller danser !

— On danse ici en ce moment ?

— Mais oui, dans différents endroits. J'adore ça ! J'ai déjà dansé deux fois, à la pointe Pescade avec mon oncle, et au mariage de la sœur d'Angèle. Je n'ai pas raté une série !

Ses yeux et sa voix m'ont convaincu. Je ne peux lui faire un plus grand plaisir. C'est entendu, nous irons danser. Enfin... moi, je la regarderai.

En attendant, il faut aller déjeuner. Nous pourrions arpenter à l'abri les arcades de la rue Bab-Azoun, mais nous sommes plus téméraires, et nous prenons le boulevard « front de mer » déjà ruisselant de l'écume des vagues. Jasmine est encore une enfant, elle sourit et s'amuse d'être éclaboussée sur le trottoir désert.

Le soleil s'est caché, le ciel est obscur, mais nous arrivons au restaurant tout illuminé de différentes couleurs. Nous choisissons une table très près des vitres, notre visibilité sur le magnifique spectacle de l'Amirauté sera bientôt ternie par une pluie battante. Mademoiselle Ortégar rit maintenant à belles dents : cette escapade la ravit. D'après son bref regard les hors-d'œuvre lui paraissent princiers, et nous mangeons ensuite d'énormes pageots au citron. Pour le dessert, nous ne voulons que des pâtisseries, et elles sont nombreuses ici, parfumées de miel et de rose. Jasmine, sans honte, mange un peu avec ses doigts. Peu importe ! Rien de ce qu'elle fait ne peut être laid, sale ou vulgaire.

Deux heures déjà ! Nous avons longuement parlé d'histoire et... de géographie, de cette dernière science, Jasmine ne sait pas grand'-chose, et moi je n'en sais guère, ayant beaucoup voyagé mais peu retenu. Pourtant, j'évoque certains paysages de mes escales à travers la France et certains pays étrangers. Elle peut écouter, passionnément.

La pluie a cessé et nous pouvons nous diriger tout en bavardant vers « Le Palmarium », dancing qu'on nous a indiqué comme étant le plus proche et le mieux fréquenté.

C'est un bâtiment de bois rectangulaire et vitré où trône, dès notre arrivée dans la salle luisante, un jeune orchestre de garçons aux blouses de couleurs chaudes, aux tignasses fournies. Sur la piste entourée de tables, peu de monde encore. Six couples aussi jeunes esquissent un slow avec des mines sages et appliquées. Nous prenons la place la plus proche de la mer toujours furieuse, où tanguent deux voiliers imprudents.

Jasmine est presque frémissante dans l'attente du plaisir, et je suis tranquille, elle ne manquera pas de cavaliers, car je ne me donnerai pas le ridicule de danser même une seule fois avec elle. On nous sert des limonades, et je laisserai tiédir la mienne, car je n'ai absolument pas soif. Elle, au contraire, boit goulûment, les yeux baissés, ses joues balayées par ses très longs cils.

Un jeune homme dégingandé lui fait un signe expressif dès qu'un twist commence, que le saxo, la guitare et la batterie rythment avec une ardeur assourdissante, inexorable. Ma jeune compagne a soudain les pommettes roses, sans un mot elle fait face au garçon. Ils multiplient les pas, prouvant leur souplesse presque animale, mais pour moi ce n'est guère joli. Hélas ! je suis un « croûlant ». Et ces danses sont à la mode.

Un groupe joyeux, exubérant, de garçons et de filles fait son entrée en chantant. Les jeunes sont vraiment ici entre eux, on voit très peu de personnes de mon âge, les parents sont ailleurs. J'apprécie cette jeunesse populaire et en bonne santé : les jeunes gens sont solides, musclés et sportifs, les filles sont bien plantées, un peu trop épanouies peut-être pour leur âge et pour mon goût. Jasmine, qui danse, me lance de temps en temps un clin d'œil. Malgré son plaisir évident, elle n'oublie point son vieil ami, comme si elle devinait qu'il se trouve un peu désorienté dans cette turbulence.

On bisse le twist et, trois minutes plus tard, quand ma petite sauvageonne revient vers moi, essoufflée, heureuse, je me sens aussi heureux qu'elle.

Mon regard croise par hasard celui, perçant, d'un jeune homme de vingt à vingt-deux ans, d'un élégance un peu voyante. Il dévore de ses yeux, littéralement, sans souci de se donner en spectacle, la merveilleuse enfant qui m'accompagne. Elle ne s'en aperçoit pas et c'est tant mieux ! Ce garçon est déplaisant, son regard n'est pas une simple admiration.

On arrête de danser pour écouter une attraction en la personne d'une trop longue fille à la crinière fauve qui a eu le mauvais goût de s'habiller en rose. Elle chante accompagnée au piano seulement, une jolie chanson de Trénet que sans vergogne elle massacre avec cet accent du pays auquel je ne m'habituerai jamais. On l'applaudit mollement, mais elle continue...

Combien je préférerais percevoir la plainte de cette mer grise déferlant sur les rochers tout près de nous, en silence, comme dans un film en couleurs dont le son serait en panne.

Voici, quelle surprise en 1960 ! les accents berceurs d'un tango argentin. Il fut jadis ma danse préférée, mais comme il paraît désuet dans cette atmosphère survoltée !

Jasmine a les yeux presque fermés, elle est en apparence tranquille devant l'approche du beau jeune homme, le fauve de tout à l'heure qui s'avance vers elle d'un pas déjà chaloupé.

Elle se lève sans hésitation, docile, les yeux toujours baissés et avec un vague sourire, comme si elle était très intimidée. Je sursaute quand j'entends le garçon la tutoyer non sans désinvolture dès les premières mesures :

— Tu viens souvent danser ici ?

Je ne saurai jamais ce qu'a répondu Jasmine, mais ses couleurs ont un peu disparu. Elle paraît grave tout à coup. Puis le tango les éloigne loin de ma vue, et je les revois quand la danse est bissée. Puis je ne les revois plus. C'est en vain que je les cherche des yeux dans la salle bruyante et remplie maintenant. Comme je prends très au sérieux mon rôle de chaperon, je commence à m'inquiéter. Dans l'entrée du bal, j'ai vu un escalier de fer menant vers la plage. La pluie ayant cessé, et le ciel s'éclaircissant, peut-être les jeunes gens sont-ils descendus sur le sable pour respirer, car il fait très chaud de nouveau.

Je n'aime guère cette promenade avec un inconnu trop « affranchi » pour comprendre et respecter, chez cette enfant, sa grande innocence. Avant de me décider à me lever, je jette un coup d'œil dehors à travers la vitre épaisse, déjà séchée par le soleil, et je les aperçois, sagement côte à côte, arpentant la plage dans une conversation animée que je ne puis entendre.

De temps en temps, le jeune homme ramasse un caillou qu'il lance dans l'eau subitement apaisée en quelques instants, mais verte encore et sans transparence.

Ils disparaissent soudain derrière un énorme rocher, et mon inquiétude reprend. Jasmine est venue ici pour danser et non pas pour flirter, je ne voudrais guère être abusif, mais c'est de sa part une imprudence d'accepter cette promenade avec un inconnu. J'ai de la sagesse de Jasmine une grande certitude, et cela me rassure un peu. Si ce beau Don Juan a les conquêtes faciles, avec elle il tombera sur un bec.

Mon attention se détourne de la plage, car un groupe de parachutistes vient d'entrer, solidement brunis par le soleil du bled, ils sont sans doute en permission, et je souris malgré moi des œillades amoureuses que leur lancent presque toutes les jeunes filles, auxquelles ils paraissent très sensibles.

La musique s'est arrêtée un instant, le pianiste cherchant une partition. C'est à ce moment qu'apparaissent ma petite protégée et son cavalier. Je suis tout de suite bouleversé parce qu'il lui crie très fort :

— Nous ne serons jamais sur la même longueur d'ondes, pauvre mignonne ! Tchâo !

Avec un geste rageur de la main, il la plante dédaigneusement au milieu de la salle à tous les regards, avec une odieuse grossièreté.

Jasmine me sourit bravement et s'approche d'un pas rapide, mais sous l'exquis bouclier de sa beauté, on la sent blessée.

— Il a essayé de m'embrasser, me dit-elle d'un ton grave, malgré mon refus il insistait, il me bousculait et j'ai cru déchirer ma robe.

Je cherche à toiser le rustre qui ne fait guère attention à moi. Elle me regarde suppliante :

— Je ne me plais plus ici, voulez-vous que nous partions ? Pardon de vous y avoir emmené.

J'en veux à ce jeune voyou. Elle se faisait une fête de ce bal où elle aura seulement dansé deux fois !

Je règle les consommation et je prends Jasmine par les épaules pour traverser la salle. Le garçon nous regarde enfin, goguenard, je suis furieux, et si je ne craignais le ridicule, j'irais le provoquer. Mais Jasmine me calme par un sourire tranquille, elle hausse les épaules :

— Cela n'a guère d'importance, n'est-ce pas ?

Je la rassure :

— Tous les jeunes ne sont pas des mufles.

Et je la questionne :

— As-tu déjà été embrassée par un garçon ?

— Jamais. Plusieurs ont essayé, d'une autre manière que celui-là... Je n'en ai vraiment jamais eu envie, avoue-t-elle.

C'est très bien ainsi. Jasmine est encore une enfant malgré son épanouissement physique. Le goujat n'a point su le comprendre.

Le ciel est absolument bleu, à présent, et nous marchons enfin détendus, le long de la balustrade.

Je m'interroge sur l'avenir de cette adorable enfant. Les secrets des dieux ne me sont guère dévoilés. Elle aussi s'en inquiète :

— Que vais-je faire à Birkadem quand j'aurai mes vingt ans ?

— A ce moment-là, les petits enfants de ta belle-mère seront plus grands, et il faudra demander à ton père de te faire apprendre un métier. Si tu veux, je lui parlerai ?

— Vous croyez que je ne puis être ni chanteuse ni mannequin ?

— Je ne dis point cela. Mais ce sont des situations dérisoires, incertaines, elles obligent souvent à certaines concessions pénibles. Il y a tant d'appelées et si peu d'élues ! Celles qui ne le sont pas deviennent des aigries ou tournent mal, ce qui est pis.

— Bon, j'ai compris, car je vous fais confiance. Il me faudra chercher autre chose. Vous voulez bien que je vous écrive pour vous tenir au courant de mes idées ?

— Je croyais que c'était déjà entendu. Voici ma carte de visite avec mon adresse personnelle. Surtout, ne m'écris jamais au journal où mes lettres sont lues avant moi par des secrétaires.

— Je vous le promets. C'est une chance de vous avoir rencontré, j'ai moins peur.

— Tu as raison, je t'aiderai de mon mieux, aie confiance.

La journée va s'achever. Jasmine refuse mon offre de goûter. A dix-huit heures, je dois la ramener à l'autobus, et j'en suis mélancolique. Elle reviendra dimanche prochain sans doute, et je serai alors bien près de mon départ, le cœur débordant d'une inutile tendresse pour cette enfant si douce, si intelligente, et si vulnérable ! C'est à pas pressés que je reviens dans mon hôtel, et je décide de ne point dîner pour me coucher aussitôt. Mais le sommeil est long à venir. Que puis-je faire pour ma jeune amie tant qu'elle est obligée de rester ici ? Rien, je le crains.

La semaine suivante s'écoule, vide. Pour essayer de la remplir, j'esquisse un reportage sur la jeunesse algéroise telle qu'elle m'apparaît, telle que je la comprends après avoir interrogé des garçons et des filles au hasard de mes rencontres en ville. Quand je dis mon appartenance à *Paris-France*, l'accueil est chaleureux, c'est avec beaucoup de bonne volonté qu'on répond à mes questions.

Mes cousins m'ont relancé et m'ont fait faire une délicieuse promenade en voiture à Tipaza. Il y avait sur la route beaucoup de camions bourrés de militaires qui chantaient. Je me suis retrouvé avec une joie profonde dans ces prestigieuses ruines romaines. Les tombeaux sculptés semblent l'être de la veille, et il y a ces splendeurs de Praxitèle aux formes idéales, entre les colonnes brisées, qui témoignent de son génie. Au sommet d'un énorme rocher rouge, solitaire, haut perché, le « tombeau de la chrétienne », depuis des siècles, regarde la mer et le ciel.

Nous étions jeudi. Au retour de cette excursion, j'ai retenu ma place à bord du *Bugeaud* pour le mardi suivant. Je ne reverrai donc Jasmine qu'une fois... Mais on m'écrit de *Paris-France* que mon courrier s'amoncelle et que ce n'est guère la saison des vacances. Je comprends à demi-mot, mon rédacteur en chef est mécontent : ce voyage ne lui plaît pas du tout.

V

Dimanche arrive, et Jasmine est exacte au rendez-vous.

Tandis que je l'entraîne vers le square, elle m'apprend qu'elle a bien failli ne pas venir : le petit Ignacio, en tombant, s'est ouvert une partie du genou droit. Mme Ortégar lui a mis aussitôt de la teinture d'iode. Celle-ci étant très vieille, le genou s'est vite envenimé. Il devenait violet. Sur les supplications de Jasmine, on a décidé de visiter le médecin de Birkadem, il a fait le nécessaire et l'enfant guéri pourra courir dans quelques jours. Sans cette guérison, elle ne serait point venue mais restée près de lui.

Jasmine me raconte tout cela d'un ton dramatique et sincère. Prodigieusement sensible, elle aime ce petit comme s'il était réellement son frère. Lui seul a répondu à sa tendresse.

Cette inquiétude apaisée, Mlle Ortégar m'en confie une autre : elle est tourmentée de ce que son père l'a longuement interrogée sur moi, sur ce que nous avons fait lors de notre précédent dimanche.

Je lui explique que la chose au contraire me paraît très normale. Il a soin de sa conduite et de son éducation. M. Ortégar, responsable de celles-ci et de sa vie, devant par conséquent l'aimer plus que les apparences ne le laisseraient croire.

Je dis cela sans le penser tout à fait ; sur sa famille, mon opinion est faite, mais je dois rassurer cette enfant.

Nous décidons de déjeuner dans le même restaurant que l'autre jour, et dès que nous sommes attablés devant une odorante bouillabaisse, nos langues sont encore plus agiles.

Jasmine, sur mes instances, me parle d'elle, mais avec une certaine répugnance. Sa modestie et sa pudeur m'enchantent : elle n'a rien d'une égocentrique comme nous finissons tous par le devenir, conscients ou non, pour la plupart.

Dans ses propos, dans la relation de ses jeunes souvenirs pleins de fraîcheur, je découvre un être tendre et délicat, épris de vie et cherchant pathétiquement à devenir une adulte.

Ne te presse pas trop, enfant ! Ce n'est pas si agréable de devenir une grande personne. Pour moi, ce fut une amère déception. A qui oserais-je l'avouer ?

L'après-midi, nous nous promenons dans El-biar, et je ne reconnais plus cette banlieue proche de la ville. Autrefois, c'était une campagne assez sauvage. Aujourd'hui, s'y élèvent des villas magnifiques. Nous sommes un peu tristes, l'heure de la séparation approche. Quand nous reverrons-nous ? Nous reverrons-nous jamais ? Je vais perdre mon petit soleil, et Paris m'apparaîtra tout froid. Jasmine est si jeune que j'espère pour elle l'indulgence du destin. Je lui explique qu'il doit lui arriver des tas de choses agréables au long de sa vie. Elle est belle et c'est un atout. Elle est intelligente et sensible, ce n'est pas forcément un handicap. Je suis disposé à l'aider pour chercher sa voie, ensemble nous la trouverons. Je lui rappelle mon adresse qu'elle note cette fois sur un petit carnet bleu.

— Je t'enverrai un mot, Jasmine, dès mon arrivée. Me répondras-tu ?

— Vous pouvez y compter, me dit-elle avec une chaleur qui monte à ses yeux. J'en suis sûre, votre amitié me protège et j'ai besoin de protection.

Chère enfant vulnérable, comme elle dit les choses avec tout son cœur !

Pourquoi mon Edith est-elle moins spontanée ? Suis-je bête ! Edith a quarante ans, et la vie lui a appris à réfléchir avant de parler... Pour moi, c'est dommage.

A l'heure de notre séparation, j'embrasse ma petite amie sur ses deux joues satinées. Elle me rend avec fougue mes baisers, d'un visage soudain plus grave. Nous sommes au square Bresson. Je lui dis sans trop y croire :

— Tu le sais bien, toutes les jolies femmes finissent par passer à Paris. Nous nous reverrons, c'est certain. Continue à être sage, à étudier dans les livres et auprès des gens. Sois obéissante envers ton père. Si quelque chose n'allait vraiment pas, tu n'aurais qu'à me le faire savoir. Oh ! j'allais oublier... Il y a un petit paquet pour toi à l'« Alletti ». Viens vite le prendre, nous n'avons que le temps.

aux doigts aigus et noircis, on dirait des « serres ».

Il hésite, gêné, puis :

— Monsieur Marodon, je suis un homme ayant beaucoup vécu, et qui comprend les choses. Je suis venu vous dire... Si vous aimez la petite, épousez-la !

Il ne voit pas ma stupeur, et continue :

— Les meilleurs maris pour les filles ne sont ni des godelureaux, ni des zazous comme on disait pendant la guerre, ce sont des hommes sérieux, âgés, ayant une situation solide. Jasmine est jolie, je ne serai guère en peine de la marier, j'aurais pu le faire déjà... En Algérie, on se marie jeune. Croyez-moi, certains indigènes d'ici et du bled, l'ayant vue, m'en ont offert un bon prix, car chez nous une femme s'achète... cher si elle est jeune et belle comme c'est le cas, sans s'occuper beaucoup de son consentement...

Oui, je connais cette coutume, elle me semble barbare et d'un autre âge.

Le bonhomme continue :

— Je n'ai pas voulu trop la forcer jusqu'à présent, mais cette fois, je crois que la petite ne vous déteste nullement, ses yeux brillent quand elle vient vous retrouver ici, et elle est triste de votre départ. Alors ? ça m'est égal qu'elle vive à Paris. A certaines conditions, nous pourrions nous entendre...

Ma parole, mon indignation ne s'extériorisent guère. Je vois toujours dans son regard une certaine lueur complice.

— Monsieur Ortégar, ne connaissez-vous ni l'amitié, ni la tendresse ? C'est ce qui nous unit, Jasmine et moi, pas autre chose. Qu'allez-vous imaginer ? Je suis fiancé, à Paris, avec une femme qui a presque le triple de son âge, et c'est très bien ainsi. J'ai trente-cinq ans de plus que Jasmine, cette enfant m'estime et m'aime, je le crois, comme un père...

— Elle en a déjà un.

— Comme un ami, si vous voulez. Jamais une idée de mariage avec moi n'a pu l'effleurer... Quelle stupidité, voyons ! Tenez, je crois qu'elle me considère un peu comme cet oncle qu'elle a perdu.

— Ne me parlez pas de celui-là qui lui passait tout... Il n'y a rien eu, dites-moi, entre vous et ma fille ?

— Rien que ce que je vous ai dit.

Pour qui me prend-il ?

— Jasmine est une enfant pure, monsieur, j'en suis certain, et nous n'avons fait que nous promener, bavarder...

Il me regarde, méfiant, incrédule :

— Vous vous fichez de moi ? Alors, pourquoi ces cadeaux ? Ces repas au restaurant ? Elle m'a tout raconté.

— Je l'espère bien. J'ai fait à cette enfant deux ou trois modestes présents... si l'on peut dire !

— On ne dépense guère tant d'argent sans intentions.

Il commence à m'agacer autant qu'il me dégoûte ·

— Moi, monsieur, j'aime à faire plaisir, et ne demande rien en retour. Si vous ignorez l'amitié et la joie de donner, tant pis pour vous !

Il commence à élever la voix :

— Ecoutez, vos bonnes manières n'empêchent pas mes convictions. Vous êtes.. vous êtes...

Il ne sait guère exprimer ce que je suis à ses yeux, un saligaud peut-être ?

Ma fille ne sera plus visible, même si je dois l'enfermer... Si vous vous décidez bientôt à l'épouser, ce sera différent, nous pourrons nous arranger, dit-il, plus calme, avec un dernier brin d'espoir.

— Monsieur, je vous l'ai appris déjà, je suis fiancé, et vous faites erreur, je n'ai pas le goût des jeunes filles. La vôtre épousera, je l'espère, un garçon de son âge. Elle n'est nullement musulmane, que je sache, vous ne pourrez la forcer à se marier avec un vieillard bien riche, avec vous généreux. Vous avez une façon d'aimer votre enfant !

Le valet de chambre m'apportant le petit déjeuner, me permet de dire :

— Montrez à monsieur le chemin de l'ascenseur, je vous prie.

Le garçon comprend à demi-mot et attend que le maigre bonhomme déploie sa longue carcasse, et finalement sorte, sans dire rien de plus, furibond d'avoir raté « son affaire ».

Je ne lui dis même pas « au-revoir ».

Ce triste individu m'a déprimé. Pourvu qu'il n'exerce point sur son enfant sa déception et sa mauvaise humeur ?

C'est un maquignon qui espérait me « vendre » sa fille, une brute ne comprenant rien à rien. De Jasmine à moi, je suis le débiteur. Mes toutes petites attentions ne valent guère le rayonnement de sa grâce et de son charme dont j'ai abusivement profité. Ses regards veloutés, ses sourires exquis, ses élans, ne pourront jamais être estimés à leur tendre valeur.

Comment, à ce rustre, pouvais-je expliquer cela ?

Je bâcle ma toilette pour sortir plus vite, devant poster par avion mon mince reportage, et surtout pour respirer un peu d'air pur.

Au fond, sauf la rencontre de cette petite fée, mon voyage aura été un échec. La jeunesse ne se ressuscite pas quand elle est morte, on retrouve seulement les regrets.

J'en ai rencontré une autre, triomphante, et ne m'appartenant pas, celle de Jasmine. Pauvre enfant ! Comme tant d'autres sans doute par le monde, elle est née où elle n'aurait pas dû naître, car elle a perdu trop tôt sa mère, ce petit cœur avide d'une tendresse attentive et sincère.

J'y pense encore avec douleur le lendemain quand le *Bugeaud* fuit majestueusement le port sous un ciel violent d'un bleu dur.

Je suis sur le pont arrière, au pied du grand drapeau. Le vrombissement des hélices fait vibrer le navire, nous partons. Adieu Alger ! adieu ma ville ! J'étais venu vers toi recherchant en vain un paradis perdu, un certain état d'innocence... Je ne te reverrai plus jamais. La vie se charge vite de couper les liens avec le passé : je t'oublierai... Mais aurai-je désormais ce regard sévère et froid des adultes ayant perdu leur enfance ? Je ne le voudrais pas.

Adieu ! Notre-Dame d'Afrique, vierge noire sur les sommets. Adieu la mosquée, les palmiers, les arcades... Une fumée grise déjà vous enveloppe, tandis que le bateau rugit... Adieu Alger ! Blanc tombeau de ma jeunesse !...

VI

On a écrit, on a chanté le charme de Paris
au mois de mai. Ce charme n'est pas surfait :
dans la douce lumière irisée, ce ne sont que
demi-teintes et lueurs tendres. La Seine paraît
claire entre les quais peuplés d'images, de
livres et d'oiseaux. Dans les rues ensoleillées,
jamais les étalages des magasins n'ont été
construits avec un art plus subtil. Cet art
unique, Edith l'incarne un peu dans mon esprit
et dans mon cœur. Comment ai-je pu l'oublier
presque, auprès d'une petite sauvageonne ?
Selon ma promesse, j'ai envoyé quelques lignes
à Jasmine pour la rassurer, pour lui rappeler
qu'elle a loin d'elle un ami véritable.

Il y a de cela bientôt quinze jours et nulle
réponse ne m'est encore parvenue.

Ma fiancée, à qui j'ai raconté en partie notre
insolite rencontre, ce coup de foudre d'amitié,
se moque gentiment de moi. Jean aussi d'ailleurs. Il s'agit pour eux d'une sorte de mirage...
Cette enfant fut heureuse d'être gâtée, sortie.
Tout doit s'arrêter là. Maintenant, elle ira souvent au jardin, dans l'espoir de faire une nou-

velle connaissance tout aussi agréable. Peu lui importe une si lointaine amitié ? Pourquoi se soucier d'écrire ?

— Elle a quinze ans, mon vieux ! me dit Tapy goguenard, elle est retournée à ses animaux en peluche.

Ils exagèrent et la jugent sans la connaître, mais je suis influençable, si déçu par son silence !

Je n'ai d'ailleurs pas tout dit à mes amis : l'odieuse proposition du père Ortégar les aurait fait s'esclaffer. J'ai failli être la proie d'un chantage. Ma fermeté seule empêcha ce parâtre d'aller plus loin.

Oublions donc Jasmine puisqu'il semble le falloir. Mais comment oublier Alger bien présente, elle, au monde entier, et de plus en plus bouleversée, où l'on vient de déclarer que les Arabes ont droit à leur indépendance au nom de laquelle tant de crimes sont commis ! Et cela m'étonne, n'étaient-ils point Français au même titre que nous ?

La politique me déroute, mais chaque jour je suis déchiré davantage quand j'entends la radio, quand je lis les journaux, quand je devine ce qu'on ne nous dit pas.

Que fera, dans la tourmente, ma jeune protégée ?

Des semaines et des semaines ont passé. Je suis toujours sans nouvelles, et Jasmine est devenue pour moi un personnage de rêve. Bientôt, je ne verrai plus exactement ses yeux, aujourd'hui son sourire déjà m'échappe, qui répandait en moi tant de chaleur !

Voici un an que j'ai rencontré cette enfant. Comme la mer efface le fragile relief d'une plage, mes souvenirs sont estompés par une mémoire défaillante, inexorable. Je pense de moins en moins à ce petit être qui m'était apparu adorable, prodigieusement vivant et illuminé de tous les astres du monde.

Edith et moi sommes allés voir son avocat. Le divorce traîne depuis bientôt deux ans ! C'est sans doute parce que l'ancien mari de ma fiancée est extrêmement riche et qu'il l'aime encore, espérant l'impossible, puisque Edith est irréductible. Maître Marcy nous promet une solution d'ici quelques mois, d'autant plus que, sur mes instances, elle renonce à toute pension.

Son école de mannequins prend chaque jour une extension extraordinaire, quantité d'étrangères de tous pays viennent s'y inscrire. Me voici un peu honteux d'épouser une femme aussi riche, aussi importante. Mais nous nous aimons et je ne veux pas vieillir seul. Nous faisons des projets : Edith voudrait que je vende mon appartement, pour acheter une villa en campagne près de Paris. A première vue, c'est assez séduisant, mais je m'entête à ne pas vouloir conduire, et je me trouverai bien isolé les jours où ma femme ne pourra me servir de chauffeur. Par conséquent, j'hésite.

Des semaines et des semaines passent encore. Ma rubrique à *Paris-France* obtient un grand succès. Il paraît que je suis le conseiller psychologique le plus apprécié, c'est Edith qui le dit et elle exagère. Mais, entre nous, c'est assez facile d'avoir du bon sens... pour les autres.

Mon neveu est venu lui aussi me demander avis. C'est un long athlète blond aux yeux tendres et intelligents. N'est-ce pas merveilleux d'avoir vingt-cinq ans ?

Il est le bras droit et bientôt sans doute, l'associé de Turner, le plus grand imprésario de France. Sa vie se passe dans un vaste bureau des Champs-Elysées et aussi dans les coulisses dont l'odeur poussiéreuse et troublante me revient parfois aux narines, en écoutant les potins de cet artisan du spectacle. Chaque année, Turner parcourt le monde pendant trois ou quatre mois à la recherche d'attractions inédites, car il est officieusement le directeur artistique de la plupart des grands cabarets parisiens. Cette année, il a décidé d'emmener avec lui mon neveu Christian. Ils devront s'absenter plusieurs semaines, et Chris s'inquiète, car pendant ce temps, quelqu'un le remplacera à Paris, qui fera mieux peut-être auprès des directeurs de salle ? D'où son hésitation. Il m'explique que ses frais payés, Turner lui donnera chichement deux mille francs par mois. Il touche plus de pourcentages ici. Mon neveu est devenu un homme d'affaires, il cherche aujourd'hui à s'enrichir dans ce métier qu'il a choisi pour l'amour d'une petite danseuse assez vite oubliée.

Moi, je l'engage à accepter l'offre du voyage. L'activité de son patron sera pour lui une merveilleuse école, et il pourra plus tard s'installer à son compte. Je l'ai convaincu d'autant mieux qu'il y a pour Chris l'attrait d'un pays inconnu. Il a donc accepté. Mais nous sommes au début de mars et le grand départ n'est prévu que pour juin. Mon neveu bout d'impatience et voudrait prendre aussitôt cet avion qui le conduira vers d'autres rivages. Personnellement, je ne partirai plus en voyage, sans doute parce que je vieillis et trouve ces plaisirs bien

d'avoir perdu mon petit carnet où se trouvaient votre carte et votre adresse ! J'ai résisté à l'envie de vous écrire au journal puisque vous me l'aviez défendu...

— Mais, dans ma lettre, je te redonnais cette adresse.

— M'avez-vous jamais écrit ?

On la sent incrédule.

— Oh ! mais si, je te l'affirme, et ton silence m'a déçu.

Elle semble réfléchir, désorientée, puis, le temps d'un éclair :

— Alors mon père a intercepté la lettre... J'aurais dû m'en douter.

— C'est bien malheureux, mais comment astu donc fait pour me trouver ici ?

— Angèle m'a conseillé de consulter le bottin, car vous deviez avoir le téléphone. C'était si simple ! Comment n'y ai-je pas pensé en Alger il y a deux ans ?

Nous sommes toujours dans l'antichambre, et je prends enfin le paquet qu'elle me tend pour la seconde fois :

— Entre, Jasmine.

Et je la précède dans mon bureau.

— Comme c'est joli chez vous !

Moi qui ai vu souvent des intérieurs valant des millions de nouveaux francs, je trouve le mien modeste, seulement confortable. Je fais asseoir Mlle Ortégar dans un large fauteuil jaune où elle paraît encore menue, mais tellement plus grande qu'à Alger !

Devine-t-elle ma pensée ?

— J'ai grandi en deux ans de six centimètres... Ouvrez votre paquet.

Ce que je fais. C'est une cravate bleue classique, de bon goût. La vendeuse l'a guidée, car la robe rouge orangé de ma petite amie est d'une couleur... très orientale. Là-bas, le soleil embellit tout. Il est moins tendre ici, où les choses ne sont vraiment que ce qu'elles sont.

Je l'embrasse et je m'inquiète :

— Avez-vous... as-tu abandonné tes parents ? Est-ce une fugue ?

Elle pâlit un peu :

— Mes parents ont disparu.

— Comment cela ?

— Nous nous préparions à partir pour Nice où ma belle-mère a des amis. La camionnette de mon père devait nous conduire à la gare maritime d'Alger pour prendre le *Bugeaud*... La veille, j'étais allée chercher en car, à la compagnie transatlantique, nos billets de passage. J'y avais déposé depuis plusieurs jours notre autorisation de départ... Ayant fait pour cela la chaîne sur le boulevard une nuit et un jour entiers...

Elle soupire :

— Vous n'imaginez guère l'affolement, le tohu-bohu de ces départs précipités... Il se passe en Alger des choses horribles, on y assassine chaque jour ! Tous les passants risquent leur vie ou un enlèvement, ce qui revient au même... Nous attendions notre tour depuis un mois. J'étais heureuse d'avoir enfin les billets...

Des larmes roulent sur ses joues toujours admirablement lisses :

— En rentrant à Birkadem, j'ai trouvé la maison vide, les meubles brisés, la camionnette disparue...

J'essaie de la rassurer :

— Ta famille est peut-être allée dans une autre direction ?

— Ils m'auraient tout de même laissé un mot... Et puis...

Ses narines se pincent, ses yeux se durcissent :

— Il y avait plein de sang sur un mur.

Je veux à tout prix faire taire ses sanglots, ils me peinent.

— Prévenus de l'arrivée de pillards massacreurs, tes parents ont pu prendre les devants, fuir vers le sud, ne pouvant attendre ces places qui leur apportaient le salut.

— Sur les conseils du père de mon amie Angèle (ils partaient avec nous) j'ai attendu devant le débarcadère jusqu'au dernier moment. Le bateau a failli partir sans moi... Il n'y avait personne.

Elle cache dans ses longues mains brunes son visage de madone, et je l'entends murmurer :

— Ignacio ! Mon petit ! Qu'est-il devenu ?

Je lui dis encore les banalités consolantes que l'on dit toujours dans ces cas désespérés, mais combien inefficaces ! Cependant, j'ai déjà lu plusieurs fois sur les journaux comment se sont retrouvés les membres d'une même famille, éparpillés dans leur fuite insensée, bien compréhensible.

— Je te promets, Jasmine, de t'aider à rechercher les tiens. Un organisme spécial est créé dans la préfecture. En attendant, pensons à toi. Quand es-tu arrivée ?

— Il y a trois jours.

— Où es-tu descendue ?

— Avec Angèle, dans un petit hôtel rue Pigalle.

— Rue Pigalle ! Mais ton amie Angèle est

folle ou ignorante. Il y a dans ce quartier une série d'hôtels louches.

Mon Dieu ! cette innocente dans ce bourbier !

Je réfléchis à peine :

— Ecoute, je me moque de ton amie Angèle qui a ses parents pour la conseiller, ils font ce qu'ils veulent. Je te demande de venir habiter ici en attendant... (en attendant quoi ?). Justement, j'ai une petite pièce indépendante que j'ai l'habitude de céder à des étudiants. Elle est vide depuis hier. Tu vas l'habiter jusqu'à ce que nous trouvions autre chose, et que nous sachions ce que tu vas faire.

Mon bon sens et mon imagination s'émeuvent : j'ai peu de voisins et Paris est une grande ville, mais... Que dira ma concierge ? Et son opinion m'importe moins que celle d'Edith. Elle s'étonnera que j'héberge une aussi jeune, une aussi séduisante jeune fille... Cette cohabitation sera-t-elle jugée correcte ou fera-t-elle jaser ? Au diable les gens !

Edith est intelligente, elle comprendra, je lui expliquerai... l'impossible... cette espèce d'envoûtement que l'exquise créature a repris sur moi. Elle est bonne et sensible, sans doute l'éprouvera-t-elle aussi ?

Pour les autres, y compris Angélique, je ferai passer Jasmine pour ma nièce réfugiée d'Algérie. Après tout, j'ai réellement en Afrique une nièce que j'aime beaucoup, elle est fixée au Maroc.

J'explique ces choses à Jasmine qui me sourit en séchant ses larmes :

— Vite, petite, remets-toi. Ne pouvant quitter la maison à cause d'un coup de fil urgent et

d'Angélique qui va rentrer de ses courses...
Peux-tu aller seule, en taxi évidemment (la station est en bas) prendre ta valise à l'hôtel ? Pendant ce temps, nous préparerons ta petite chambre.

Elle regarde le billet de banque que je lui tends avec un drôle de sourire :

— C'est pour le taxi !

Et un geste de refus :

— Vous savez, grâce à une autorisation de mon père, j'ai pu toucher mes trois cent mille francs. Ils sont intacts, la compagnie, à Marseille, m'ayant remboursé les billets inutilisés. Elle ouvre le sac déjà vieux que je lui connaissais, et me montre la somme en liasses neuves soigneusement épinglées.

— Une jeune fille ne se promène pas dans Paris avec tant d'argent ! Je t'en prie, garde dix mille francs et confie-moi le reste, que tu mettras ensuite à la banque.

Elle m'obéit sans cesser de sourire. Ma proposition d'hébergement lui plaît, j'en ai chaud au cœur.

J'ajoute :

— D'ailleurs, ici tu ne dépenseras rien. Allez, va vite.

Elle s'essuie encore les yeux, se mouche... Elle est partie... avec sa lumière.

Quel événement, cette arrivée inattendue ! Pauvre enfant ! Je crains pour sa famille. Je ferai les démarches nécessaires et nous en aurons le cœur net.

La sonnerie du téléphone me paraît stridente, je rêvais... Ce n'est pas le coup de fil de *Paris-France* que j'attendais, c'est Edith :

— Je suis très fatiguée, mon chéri, j'ai présenté ce matin six de mes élèves dans trois maisons de couture. Elles ont toutes été acceptées, et c'est un succès ! Mais vous savez comme sont mes nerfs dans ces moments-là ? J'ai tremblé pour elles, j'avais le trac... Le courage me manque pour vous rencontrer ce soir la mine défaite et déprimée malgré tout...

Déprimée ? Il faut pourtant que je lui dise mon nouveau projet, c'est indispensable, je ne veux point mentir à Edith. Après l'avoir complimentée, je lui expose l'arrivée de Jasmine et ma décision prise. Elle ne me comprend guère :

— Mais vous êtes fou, cher Alex ! Payez-lui, si vous voulez l'aider, une chambre dans une pension de jeune fille. Tenez, j'en connais deux excellentes... Mais ne gardez pas chez vous cette enfant que vous connaissez si peu ! Il faut se méfier des gens de là-bas.

Edith oublie que je suis après tout, moi aussi, un « Pied-Noir », quelle gaffeuse !

— Ce sera pendant peu de jours, chérie, lui dis-je sans rancune, le temps de voir venir. Je ne pouvais la laisser vivre dans la promiscuité d'un hôtel de Pigalle. C'est encore une enfant, et si attachante ! Je veux vous la présenter et vous serez conquise. Vos conseils pour son avenir seront aussi les bienvenus. Chérie, je veux vous associer à une bonne action qu'il serait honteux de ne pas faire.

Elle change de ton tout à coup :

— Votre éloquence me trouble, offrez-moi une tasse de thé demain à cinq heures, je serai chez vous. Je veux la voir en effet.

Je savais bien qu'Edith était intelligente, et bonne malgré ses nerfs à fleur de peau.

Déjà rassuré, je raccroche pendant que je

sens derrière moi une présence. C'est mon ami Jean. Il habite le palier et nous avons la même clef. Notre ancienne affection lui permet cette intrusion. Je ne l'ai guère entendu venir, mais il m'a entendu parler.

— Alors, cette petite fleur de Birkadem est arrivée sans crier gare, et tu lui offres ton jardin...

— Comment faire autrement ?

— Vis-à-vis d'Edith, tu ne crois pas que tu exagères ?

— Héberger une enfant...

— ... Qui est devenue une jeune fille, et si jolie à t'en croire !

— Ecoute, Jean, ne sois ni ordinaire, ni tendancieux. Justement, Edith elle-même semble me comprendre. On ne peut laisser seule à Paris ce petit être désorienté. Fiancé ou non, je lui dois protection. N'est-elle pas venue d'instinct vers moi ?

— Elle ne connaissait personne d'autre, mon vieux. Tu es une « bouée » agréable et connue. Que vont dire ses parents d'une hospitalité si généreuse ?

— Pour l'instant, elle n'a guère de parents.

Je lui refais le récit de Jasmine, et lui exprime mon inquiétude qu'il trouve motivée.

— Pauvre gosse ! dit-il enfin, mais sais-tu que tu prends là une responsabilité très grave ?

Il est en vérité déjà tout prêt à la partager.

— Je le sais, mon vieux, et je l'accepte.

VII

Jasmine, qui a passé une bonne nuit après un bain chaud, est le lendemain merveilleusement fraîche. Ah ! Jeunesse !

La petite chambre où je l'ai installée lui paraît ravissante, et le bruit de la rue Lafayette lui semble être une agréable musique lui parlant de Paris. Elle l'assure avec gentillesse.

Ma bonne Angélique a toisé ma « nièce » qu'elle trouve un peu maigre, comparée à son opulente corpulence de bretonne qui mange trop. Mais elle l'a adoptée et projette de lui mijoter des petits plats pour la « réconforter ».

Pendant qu'elle cuisine, je sors avec ma petite amie, attirée par la place de la Concorde et les Tuileries.

Il fait un soleil rayonnant. Mais Jasmine devient grave en débouchant de la rue Royale. Des souvenirs d'histoire lui reviennent en foule, pêle-mêle.

— La guillotine se dressait ici ?

— Oui. La place s'appelait d'abord Louis-XV, vite débaptisée pour être la place de la « Révolution » pendant la terreur. Elle ne devint

« place de la Concorde » que sous le vent de la réconciliation générale, beaucoup plus tard.

Elle admire l'ordonnance de l'hôtel Crillon et me dit avec sentiment :

— La reine Marie-Antoinette est morte en ce décor.

— Et tant d'autres, chère petite ! Une révolution est toujours horrible.

Elle hoche la tête en silence. Je ne veux pas qu'elle pense à cette autre révolution qui a bouleversé sa vie.

— Vite, remontons les Champs-Elysées.

Jasmine admire tout. Les grands arbres feuillus, les pelouses, les fleurs, les jets d'eau et les statues.

La magnifique avenue qui monte encadrée de marronniers vers l'Arc de Triomphe auréolé d'or la laisse un instant sans voix, puis elle clame :

— C'est aussi beau que je l'imaginais !

Le Grand Palais l'impressionne. Beaucoup plus loin, elle est captivée par les luxueuses vitrines.

Je les lui laisse admirer à son aise. Des gens se retournent sur notre passage : le rayonnement de la beauté de cette enfant leur est aussi perceptible.

Sa stricte robe bleu marine est mieux que celle de la veille, pourtant elle la vieillit. Jasmine est trop jeune pour savoir s'habiller. Edith se ferait un plaisir de l'éduquer sur ce point. Quel merveilleux professeur d'élégance pour une élève docile, humblement désireuse d'apprendre et de plaire :

Maintenant, elle soupire :

— Je suis bien fatiguée, cher Alex. Que

serait-ce si j'avais des talons aussi hauts que ceux des Parisiennes !

Je regarde ses pieds étroits moulés dans de souples ballerines et je lui souris :

— Tu apprendras à en porter, Jasmine, je suis tranquille, tu apprendras.

Nous hélons un taxi qui nous mène par les boulevards au Faubourg Montmartre où j'ai pris rendez-vous avec le commissaire de police de mon quartier. C'est un ami.

Je lui présente Jasmine et lui expose sa situation, mon idée d'hébergement.

Il n'y voit aucun inconvénient. Ses yeux sont un perpétuel hommage à ma petite compagne :

— Le bureau des « recherches dans l'intérêt des familles » s'occupera de retrouver les parents de Mlle Ortégar. Allez-y le plus tôt possible. Vous y remplirez une fiche de renseignements. De mon côté, je téléphonerai pour qu'on active les choses. Tous ces départs d'Algérois se sont faits dans une énorme pagaille que nous n'avons pas su prévoir. Bien des gens sont isolés, sans nouvelles des leurs. Mais avec un peu de temps, beaucoup d'activité et de conscience, chacun sera renseigné, et sans doute réuni à sa famille. Nous avons déjà de nombreux enquêteurs en Afrique du Nord. Soyez patiente, mademoiselle, sans trop vous inquiéter. Votre famille a peut-être été enlevée par des pillards qui la relâcheront bientôt, ou bien simplement poursuivie, se cache-t-elle dans le bled ?

Je lui sais gré de son optimisme de commande, car en parlant de ces événements, la pauvre enfant est encore au bord des larmes. Il faut la distraire à tout prix.

En sortant du commissariat, je lui demande :

— La Sainte Jasmine existe-t-elle ?

Elle me regarde éberluée :

— Je ne sais pas. Je n'en ai jamais entendu parler.

— A quelle date te souhaite-t-on ta fête ?

— Personne ne me l'a jamais souhaitée.

— Bon, tant pis ! Je veux rompre avec la tradition. Nous choisirons un jour de cette semaine que nous décrèterons être celui de ta fête, et pour la marquer, je t'offrirai une petite robe.

— Oh ! non, dit-elle, je vous suis déjà tellement reconnaissant de m'héberger. Comment pourrais-je m'acquitter envers vous, depuis vos cadeaux d'Alger ?

La petite sauvageonne du jardin d'essai s'est vraiment civilisée : elle fait des manières...

— Qui parle d'acquitter quoi que ce soit ? Je suis pour toi un oncle... d'adoption à qui tu dois obéir. Nous demanderons à Edith de te choisir une jolie robe. Mme Sardet est une Parisienne aux goûts sûrs et raffinés.

Elle a un soupir qui en dit long :

— Comme vous devez l'aimer, votre fiancée !

Je réponds distraitement « oui » et pense aussitôt qu'il me faut des petits fours pour le thé. Nous passons chez le pâtissier.

Edith arrive bien après cinq heures, tandis que Jasmine et moi sommes assis autour de la table ronde en acajou, des magazines à la main. Les magazines de luxe sont une source d'évasion sans pareille, nous rêvions... Ma chère enfant a eu un imperceptible tremblement de tout son corps quand la sonnette a retenti. Angélique ouvre, et je vais aussi vers la porte pour accueillir ma fiancée.

Elle est sensationnelle comme toujours, dans un ensemble de voile gris à précieux ramages, et je me demande comment son immense chapeau a pu entrer dans la voiture ! J'essaie de l'embrasser sans trop faire de dégâts.

Quand nous apparaissons dans le salon, ma pseudo-nièce reste interdite. Ses yeux sincères disent : « Oh ! Madame, comme vous êtes belle ! »

Mais aucun son ne sort de son gosier : c'est à son tour d'être sous le charme. Je présente les deux femmes. Jasmine salue en tendant sa main spontanément. Après une brève hésitation, Mme Sardet tend aussi la sienne. Pour les convenances, c'est le contraire qui aurait dû se produire.

Ma fiancée manque de spontanéité, ma petite Algéroise en a trop. Pour effacer une petite gêne, je parle tout de suite du temps qui embellit si rarement comme aujourd'hui le petit jardin de la cour.

Edith répond à peine. Elle évalue les attraits de ma petite protégée, elle calcule et réalise ses qualités, essayant de découvrir une faille dans cette perfection, pour apaiser son inquiétude. Elle ne trouve rien et cela durcit ses yeux. Je regarde ces deux femmes si différentes et pourtant si séduisantes. Vraiment, en cet instant, je suis comblé des dieux. Bercé par une sorte d'ivresse, je parle, je dis n'importe quoi, je questionne, essayant de trouver des affinités, un courant de sympathie entre ce monstre sacré d'élégance et d'esprit parisien, et cette petite fleur coloniale si timide encore, ignorant son pouvoir.

Je parle en vain. Jasmine est blessée par ce qu'elle croit son « infériorité », alors qu'Edith plane triomphante, presque rassurée.

J'attendais d'elle un peu de chaleur humaine envers cette enfant démunie de tout hors sa beauté. Me voilà déçu. Sans doute suis-je trop impatient ? Ma fiancée n'a peut-être pas encore subi le charme ? Bah ! tout s'arrangera quand elles se connaîtront mieux. Je les aiderai à se connaître.

On sert le thé.

Jean Tapy est arrivé en voisin pour rencontrer ma protégée. Je la lui présente. On voit aussitôt dans ses yeux une surprise et une admiration sans borne.

J'espère qu'il ne va pas tomber amoureux de cette enfant, lui à trente-cinq ans encore célibataire mais pourtant fiancé. Nous échangeons un coup d'œil tandis qu'Edith se dégèle :

— Que comptez-vous faire, ma petite ? Avez-vous déjà travaillé ?

— Non, madame, excepté à la maison.

J'explique brièvement sa position à Birkadem.

Ma fiancée la jauge encore une fois, et lui dit gentiment (ce qui me rassure) :

— Aimeriez-vous être mannequin ?

La petite réfugiée s'éclaire et rougit. On dirait une rose dont les pétales s'entrouvrent pour laisser voir un cœur écarlate.

— C'est un des rêves de Jasmine, l'autre était de chanter.

Edith hausse ses belles épaules, et l'une d'elle apparaît cernée par le vaste décolleté, magnifique, une épaule de statue.

— Des deux métiers, celui de mannequin est le plus sûr, quoique aussi difficile, pour l'un et pour l'autre il faut un don ou des dispositions. La beauté ne suffit pas. C'est une profession déjà encombrée. De tous les points du monde, les plus jolies filles viennent tenter leur chance dans les maisons de couture parisiennes.

« Pouvez-vous venir demain, petite ? Je vous attendrai à quatorze heures, avant que les autres élèves n'arrivent, pour vous faire passer un petit examen.

Ma protégée semble de plus en plus illuminée, elle rayonne :

— Comment vous remercier, madame ?

J'étais bien sûr au fond qu'Edith ferait quelque chose pour cette enfant. Je suis presque autant qu'elle éperdu de reconnaissance.

— Chérie, je voudrais offrir une robe à Jasmine. Voudriez-vous vous charger de l'achat ?

Ma grande beauté soupire :

— J'ai tant à faire ces jours-ci ! Enfin, c'est entendu. Mademoiselle, venez donc plutôt demain matin à onze heures. Nous irons dans une maison de « prêt à porter » où on me fait des prix. Nous déjeunerons ensuite, avant de vous acheter aussi des chaussures à petits talons, comme en portent ici les jeunes filles de votre âge. Les « ballerines » sont démodées, et il est très nuisible pour la démarche d'en porter constamment, comme vous devez le faire, j'imagine.

Jasmine baisse la tête, affirmative et convaincue de son erreur, mais c'est dans son cœur un délirant enthousiasme.

Je signe sur-le-champ deux chèques en blanc que je remets à Edith. Et la conversation va son train, chacun semble plus détendu.

On parle de spectacles, et j'enregistre que ma petite Algéroise a évolué. Les « yé-yé » maintenant la font sourire. Nous potinons sur les idoles actuelles :

Le laryngiteux de génie (c'est lui qui le croit) a au moins celui de le faire croire aux autres... Le braillard musclé aux contorsions scéniques nous paraît plutôt comique, et sa blonde fiancée qui semble rendre son âme à chaque syllabe mal articulée (en supposant qu'elle ait une âme !) nous semble par trop évanescente. On rit aux éclats en évoquant les quatre Londoniens aux hirsutes tignasses qui les font ressembler à des filles peu soignées. Nous avons la dent dure, et Jasmine ouvre de grands yeux étonnés sur cet aspect de la vie parisienne.

En parlant de music-hall, mon neveu arrive sur la sellette.

— Il faudra le présenter à cette jeune fille, dit Edith, ce sera pour elle un agréable compagnon.

Hum ! Je n'en suis pas si sûr. Depuis sa déception sentimentale, mon neveu est un tantinet coureur, il change de flirt chaque semaine dans le choix abondant de starlettes en mal d'arriver. Je lui dirai quand il verra Jasmine : « Bas les pattes sur cette innocence ! »

Pour l'instant, j'élude la question. Christian est à Deauville pour quinze jours encore. Nous reconnaissons ensemble son dynamisme, sa rapide ascension dans le monde des planches.

— Vous verrez, continue Edith, c'est un merveilleux garçon, beau, intelligent, plein d'esprit.

Jasmine acquiesce à tout. Elle va réaliser son rêve, être mannequin, travailler, gagner sa vie

dans une ville merveilleuse où elle fera son
trou. Elle nage dans la joie, et son regard nous
dit « merci » sans cesse. Je suis touché profondément, et je me dis que son âme aussi est de
lumière.

Ma fiancée consulte sa montre enchassée de
brillants :

— Je dois me sauver. Je vais ce soir à l'Opéra
avec les Depreux. Alex, pourquoi ne m'accom-
pagneriez-vous pas ?

— J'adore l'Opéra, et je vous adore, mais
j'ai un tas de lettres à lire ce soir. Je compte
veiller sans musique. Ce sera pour une autre
fois, ma chérie.

— Vous devenez de plus en plus « pantou-
flard ».

Mon Dieu, que c'est vrai !

— Au-revoir, mademoiselle, à demain.

— Appelez-la Jasmine, lui dis-je, tandis que
celle-ci, machinalement, tend sa joue... Ma fiancée ne lui prend que la main.

— Ne soyez pas en retard, n'est-ce pas ? Je
vous attend à onze heures.

Je la raccompagne dans le couloir jusqu'à
l'entrée.

— Cette fille est ravissante, mais mon pauvre ami, les gens vont jaser, vous êtes d'une
imprudence !

— Je me moque des gens, chérie. Mettons
à cette enfant le pied à l'étrier, et nous aurons
fait une bonne action.

— Vous savez que je pourrais être jalouse
de l'intérêt un peu insolite que vous portez
à cette inconnue.

— Non, Edith, parce que vous êtes intelligente et que vous me connaissez.

Un volumineux courrier apporté par un cycliste m'attend à la maison, je m'y plonge aussitôt.

Vers midi, ma chère fiancée me téléphone pour me rappeler qu'elle garde sa nouvelle élève à déjeuner et que je pourrais me joindre à elle. Je refuse à cause de mon travail, mais je suis ravi de ce coup de fil. La glace est définitivement rompue entre les deux femmes. Comme dirait mon neveu Christian : elles ont fait « amie-amie ». Me voilà tranquille. Seule Angélique bougonne, elle avait fait des œufs mimosas pour sa petite affamée.

C'est à cinq heures seulement que ma petite amie sonne à ma porte ; la bonne sortie, j'ouvre :

— Quelle surprise, ce changement de coiffure ! Mais cela te va bien.

Pourtant, Jasmine arbore une mine renfrognée qui ne lui va guère :

— « Elle » a voulu me faire couper les cheveux !

A vrai dire, je les regrette aussi un peu. Cette jolie coiffure gonflante lui donne deux ou trois ans de plus. Mais quelle importance à son âge ?

Je la rassure :

— Si madame Sardet t'a conseillé cette coupe, c'est pour ton bien. Mais tu boites ?

— « Elle » a voulu que je porte tout de suite les souliers que nous avons achetés, pour m'y habituer. Je les enlève, n'est-ce pas ?

Et Jasmine parcourt le couloir sur ses bas, ses jolis escarpins à la main, pour aller s'effondrer dans le grand fauteuil jaune.

Amusé, je la suis :

— Raconte, Jasmine.

— « Elle »...

Et comme je finis par froncer les sourcils à ce pronom intentionnellement répété :

— ... Madame Sardet a voulu m'apprendre à marcher avec un poids sur la tête. C'est difficile. Et je dois m'y exercer ici avec un annuaire téléphonique en guise de poids.

— Vraiment ? Ce n'est pas dramatique. Le métier de mannequin a ses impératifs... Et ta robe, comment est-elle ?

— Oh ! encore merci, cher Alex, mais elle ne me plaît pas beaucoup.

— Pourquoi l'as-tu prise ?

— « Ell... » Madame Sardet dit que je ne pouvais rien porter de mieux. C'est un ensemble d'une couleur... A Alger, on appelait cette teinte d'un vilain nom. Ici, on dit « moutarde », paraît-il ? L'atelier la livrera demain, quand on aura « repris » la jupe.

— Cette couleur doit être à la mode, petite fille, Edith sait ce qu'il te faut. Je te conseille de l'écouter aveuglément. Jasmine hoche la tête :

— Je me demande... dit-elle, enfin je ne crois pas que madame Sardet m'aime beaucoup.

Allons bons ! Mes espoirs s'envolent.

— Quelle idée fausse, enfant ! Et ce déjeuner ?

— C'était dans un restaurant bien élégant, mais elle n'a pas voulu que je mange des spaghetti ni de la crème de marrons. Il paraît que je ne dois pas grossir d'un gramme. Telle que je suis, avec un peu d'expérience, je pourrais présenter des robes de jeunes filles.

Là, je suis un peu surpris. La nouvelle coiffure de ma chère gamine fait très femme et plutôt sophistiquée.

Je me répète pour me rassurer moi-même : « Edith sait ce qu'elle fait. Ma sauvageonne va se transformer en Parisienne. »

Est-ce mieux ? Pour le métier qu'elle veut faire, c'est indispensable.

Avant le dîner, nous décidons de faire tourner quelques disques. Oui, vraiment, les goûts de Jasmine ont évolué.

Elle me dit la profonde impression qu'elle a ressentie en écoutant il y a un an *Carmen* à ...ger. L'opéra lui était alors inconnu. Elle aime ...s « gr... ...es voix » et la musique qui atteint ...a sen...

— En bien, je vais te faire plaisir, enfant ! Je possède dans ma discothèque l'enregistrement intégral de l'ouvrage avec une brillante distribution.

Nous écoutons religieusement. On ne se lasse pas de Bizet.

— Je te ferai connaître, Jasmine, d'autres opéras, et je t'emmènerai au Palais Garnier. C'est une des merveilles de Paris. Intérieurement surtout.

Mais Mlle Ortégar me rappelle que tout cela coûte cher. Elle ne veut pas abuser, elle désire participer à quelques dépenses avec les trois cent mille francs qu'elle possède à la caisse d'épargne. Ils ne sont guère entamés. Elle a vécu jusqu'à présent avec l'argent des sept billets de paquebot qu'on lui a remboursé à Marseille.

Pour lui faire plaisir, j'accepte pour une fois qu'elle m'offre d'aller à la Comédie-Française qu'elle brûle de connaître, mais je me refuse à ce qu'elle me paie un prix de pension tant qu'elle ne travaille pas.

Je tiens absolument à ce qu'elle voie une de ces tragédies qu'elle a tant aimé lire quand elle avait quinze ans. Nous irons jeudi entendre *Britannicus*.

Nous dînons enfin quand le téléphone m'appelle.

Edith me souhaite le bonsoir, puis :

— Votre protégée a peu de chance d'être un jour engagée comme mannequin. Elle n'arrivera sans doute jamais à marcher convenablement. Elle est lourde, et, ce qui m'inquiète davantage, peu docile.

— N'êtes-vous point trop sévère, chérie ? Qu'on ne puisse atteindre cette grâce, cette légère autorité de votre démarche, ne me surprend guère ; pourtant, j'aurais cru...

— Vous croyez tant de choses, mon pauvre ami ! Enfin, ne lui dites rien, ne la décourageons pas. Qu'elle vienne jeudi au cours d'ensemble à quinze heures, cela la dégourdira peut-être ?

— Jeudi en matinée, nous avions l'intention d'aller au Français.

— Parfait, je vois que vous prenez au sérieux votre rôle d'« oncle » et de mentor. Eh bien ! le cours dure jusqu'à dix-neuf heures, qu'elle vienne après la représentation. Je l'attendrai. Elle est près de vous ?

— Oui.

— Alors tant pis. Je ne vous dis rien d'autre à son sujet, mais je vous embrasse. Mon Dieu ! J'allais oublier le plus important, mon divorce sera prononcé ces jours-ci, nous en aurons le jugement dans quelques semaines.

— Mais c'est une excellente nouvelle, chérie !

— Nous fêterons cela chez moi samedi prochain. Bien entendu, vous viendrez seul, n'est-ce pas ?

Elle soupire :

— Nous ne nous sommes pas vus...

— Depuis hier, voyons !

— Oh ! cela me semblait plus long. Bonsoir, chéri !

— Bonsoir, Edith ! Merci d'avoir téléphoné.

Jasmine est inquiète :

— Elle vous a parlé de moi ?

— Oui... Enfin... Madame Sardet pense que tu feras des progrès. Elle t'admet déjà à son cours d'ensemble du jeudi. Il est convenu que tu iras rue Saint-Lazare après le théâtre. Tu rencontreras sans doute à ce cours des jeunes filles de ton âge, et j'en suis heureux. Tâche de te faire des camarades.

« En attendant, ne laisse pas refroidir ces champignons.

Elle mange, pensive, et me sourit avec un rayonnement qui me va jusqu'au cœur.

Les jours passent. Jasmine suit fidèlement chaque jour les cours de l'école « Sardet ». Mais celle qui la dirige prétend être au désespoir tant les progrès sont nuls. Elle avait envisagé de la placer prochainement chez Heller pour présenter la collection « jeunes filles » d'hiver, mais hélas ! elle n'y croit plus.

De son côté, ma protégée semble découragée, sombre, quand elle revient de la rue Saint-Lazare.

Elle a jeté souvent un joli regard de convoitise vers ma bibliothèque et je lui choisis le soir quelques livres pouvant la distraire et l'enrichir.

Son échec à l'école des mannequins m'étonne fort, car Jasmine est un terrain fertile à toutes les semences. Avec quelle application intelligente elle a suivi *Britannicus*, puis *Andromaque*. Nous sommes retournés à la Comédie-Française pour entendre *Athalie*. Et deux jours après, je la faisais assister à la représentation du *Barbier de Séville* de Rossini.

En sortant, Jasmine, à quelques notes près, fredonnait le grand air de Rosine, qui n'est pas si facile. L'oreille est remarquable chez ma protégée. Quel ensemble de dons a cette enfant !

Les élèves de Mme Sardet snobent un peu mon petit « Pied-Noir », je les soupçonne de la jalouser. Seule une jeune fille s'est prise de sympathie pour elle. Hermine, c'est son nom, est venue prendre le thé chez moi.

Les deux jeunes filles sortent ensemble et visitent Paris, car je ne suis pas toujours disponible.

Un soir, vers les six heures, comme Edith est venue, nous bavardons gaiement après avoir fixé la date de notre mariage au quinze octobre.

Ma fiancée est d'humeur charmante. Jamais son teint ni son parfum ne m'ont paru plus grisants. Notre union ne sera pas uniquement de raison, comme il arrive le plus souvent chez les gens de notre âge. Edith est belle, intelligente, nous formerons, j'espère, un couple heureux, sans histoire.

Jasmine arrive, dans une ravissante robe d'un bleu très doux, mettant en valeur ses yeux d'or, sa peau mate. On lit dans son regard une sorte de provocation :

— Voilà, je me suis offert une toilette cet après-midi, et comme elle me va très bien, je l'ai mise aussitôt. Que pensez-vous de ma nouvelle tenue, madame ? Et vous, Alex ?

Ce disant, elle dépose sur une chaise un carton dans lequel doit se trouver son ancienne robe.

Edith l'examine sans indulgence :

— C'est presque une robe de plage ! On ne s'habille pas ainsi à Paris. Je vous l'ai déjà dit l'autre jour, c'est une erreur de votre part.

Personnellement, je trouve l'ensemble très agréable, mais je n'ose contredire ma bien-aimée.

C'est alors que les yeux de Jasmine flamboient :

— Vous ne croyez pas que je puisse m'habiller en bleu pâle, moi ? Mais je suis jeune, vous savez ?

— Cela vous passera vite, pauvre petite, dit suavement ma fiancée.

J'essaie d'arranger les choses en riant :

— Tout de même, la robe passera bien avant la jeunesse de Jasmine.

J'espère l'incident clos, et je sers du porto avant le dîner pendant lequel ma fiancée ne desserrera pas les dents, sinon pour parler banalement de nos relations communes. Jasmine, elle, a l'air d'un coquelicot.

Au dessert, on apporte le courrier. Parmi quelques factures vite repérées, j'aperçois l'écriture presque enfantine de mon neveu

Chris. En général, ses lettres sont amusantes, toujours pittoresques. Je prends sur moi de la lire à haute voix, histoire de détendre l'atmosphère.

Chacune de mes interlocutrices feint de m'accorder une exemplaire attention :

« Mon cher Alex,

« Je suis depuis dix jours à Deauville, et j'ai déjà signé un contrat d'exclusivité d'attractions pour les trois principaux établissements de la côte. Mon patron va « bicher ». J'en suis d'autant plus heureux que l'argent se fait rare, comme le soleil en Normandie, et que je suis venu ici avec une voiture neuve, une M. G. rouge qui « tape » le 140 « facile », faisant pâlir certains copains. Elle se révèle le plus sûr aspirateur à « pépées » que l'on connaisse. Votre neveu est très entouré, et c'est extrêmement agréable. Ces demoiselles trouvent que j'ai un physique de théâtre, et que je pourrais être une vedette plutôt qu'un imprésario. Elles comprennent mal qu'entre ces deux alternatives, j'aie choisi ce métier. Vous qui avez fait l'autre, vous savez que je ne suis pas fou de préférer l'argent à la gloire éphémère des idoles, n'ai-je pas raison ?

« Dans une dizaine de jours, je passerai vous embrasser, et je pourrai faire ainsi connaissance avec cette « merveille », cette fée des sables africains. Pourvu qu'elle ne tombe point amoureuse de votre neveu ! Il a déjà tant à faire dans ce sens ! Ensuite, je m'envolerai vers New York. Ainsi, mes ravages pourront s'étendre et devenir internationaux.

« En attendant, je vous embrasse, mon cher oncle, et vous dis à bientôt.

Votre neveu : CHRIS. »

— Sa plume a été meilleure, lance Edith, mais il est adorable, car je sais qu'il ne se prend pas au sérieux.

Jasmine demeure étonnée, presque effrayée :

— Il plaisante, n'est-ce pas ?

— Bien sûr ! mon petit. Chris est un garçon plein de qualités, courageux, dynamique et bon sous ses airs de bravade.

— N'est-il pas prétentieux ?

— Le moins du monde ! Sa juvénile désinvolture est toute parisienne, tu saisiras cela plus tard.

— Pourtant, remarque Edith, il est né en Alger ?

— C'est un « parigot » d'importation comme les plus purs d'ici. Pour être « Parisien », il ne suffit pas de naître dans la capitale, ce serait trop facile. Il faut être envoûté par elle pour en recevoir ses dons. C'est assez complexe à expliquer... Mais si Chris a adapté le vocabulaire de feu Gavroche, c'est parce qu'il a su ressentir le charme de Paris où un esprit et une certaine ironie de qualité courent les pavés depuis des siècles...

— Je vous comprends, vous avez tout à fait raison, avoue Edith.

Jasmine reste songeuse, puis elle demande :

— Est-il vraiment très beau ?

— Très beau.

En disant cela, avais-je l'air inquiet ? Elle semble vouloir me rassurer :

— Je ne me joindrai jamais à son troupeau.

— Quel troupeau ?

— Cette foule de filles qu'il prétend attirer. Je ne serai jamais pour lui une nouvelle « pépée ».

— Je l'espère bien, petite !

Nous nous installons aussitôt pour regarder la télévision. On nous présente ce soir-là une émission sur l'Amérique : New York apparaît grouillante et hautaine.

— Moi aussi, j'aime les très grandes villes, dit Jasmine, car il me semble que tout peut y arriver... Plus facilement qu'ailleurs. Alors on garde en soi des tas d'espoirs !

Ce disant, elle prend ma main et la porte à ses lèvres. Je la retire, vivement ému mais gêné par cette démonstration affectueuse, trop spontanée, qui n'a pas échappé à Edith.

Elle m'adresse un sourire un peu grimaçant, et ses yeux sont sans indulgence.

IX

On me répète que ma petite sauvageonne ne fait toujours pas de progrès à l'école de mannequins de ma fiancée. Cela m'étonne, et je soupçonne Edith d'être vraiment injuste et trop sévère. Jasmine est une consciencieuse, elle a un désir profond de réussite. Je la crois attentive et d'un esprit souple. Cette enfant n'est-elle pas la grâce même, habitée par une vive intelligence ? Alors ?

Je ne veux pas croire à une sotte rivalité qui semble dresser l'une contre l'autre ces deux êtres que j'aime, j'en suis sûr, d'une façon bien différente pourtant.

Je songe... Et je rêve qu'une diplomatie subtile, permettant de les rapprocher pour mon futur bonheur.

Mais voici Angélique qui me tend une enveloppe de la préfecture de police : une convocation brève et brutale pour le surlendemain au bureau des « recherches dans l'intérêt des familles ».

Mon cœur bat, et je décide de ne point parler de ce rendez-vous à ma chère enfant, avant de savoir ce qu'on a à m'apprendre. C'est peut-être enfin quelque chose d'heureux pour elle, mais pour moi ?

Sa famille retrouvée, Mlle Ortégar sera bien obligée de la rejoindre où qu'elle se soit réfugiée, en France ou en Espagne.

Quelle grisaille ce sera dans cette maison qui a connu son rayonnement ! Et comme je suis égoïste ! Ne devrais-je pas au contraire me réjouir ?

Jasmine arrive de son cours, fraîche mais soucieuse.

— Bonsoir, mon petit ! Comment as-tu travaillé aujourd'hui ?

— Madame Sardet semblait plus satisfaite. Mais... On demande deux mannequins chez Heller, Hermine le sait de source sûre et madame ne le nie pas, mais elle refuse de me présenter. Il paraît que je ne suis absolument pas « prête ». Je sens que c'est faux. Votre fiancée me déteste !

— Allons bon ! Il ne faut rien exagérer. Edith est sans doute déçue parce qu'elle ne vise que la perfection. Comment l'aurais-tu atteinte en deux mois ?

Jasmine reste butée :

— Je me présenterai seule chez Heller.

— Ne fais pas cela. Edith serait furieuse, et tu n'as aucune chance d'obtenir une place dans une maison de couture si importante sans recommandation.

— Si je lui plais, le grand « Jacques Heller » me prendra bien. Je peux dès à présent, grâce à ma silhouette, présenter des robes de jeunes filles. Ne sont-elles pas sa spécialité ? La maison ne paie guère, mais je me perfectionnerai pour aller ensuite ailleurs. Hermine a aussi décidé de tenter sa chance, nous nous imposerons toutes les deux de faire cette démarche. Si elle ne donne rien, tant pis ! Nous n'avons pas grand'chose à perdre.

Je hausse les épaules. Ces jeunes filles se sont montées le cou. Qu'elles se présentent ! Après tout, pourquoi pas ?

Mais ma chère Edith va me faire grief de cette désinvolture, j'en ai bien peur... Enfin, la fortune, dit-on, sourit aux audacieux, laissons faire cette enfant.

— C'est pour quand, Jasmine ?

— Nous sommes inscrites pour demain. Je mettrai ma robe bleue.

Le lendemain mercredi, ma protégée est un peu nerveuse, un peu pâle. Elle se regarde beaucoup dans toutes les glaces de la maison. Elle tourne, virevolte avec une grâce extrême, mais elle est inquiète.

Je m'efforce de la rassurer : un échec ne serait pas grave. Elle n'est qu'une débutante, et... sans recommandation spéciale pour ce couturier, sollicité par de nombreuses jeunes filles sans doute ?

Je sens que malgré ses qualités, elle risque de ne pas être retenue. Edith a probablement raison de dire qu'elle a encore beaucoup à apprendre.

Elle me regarde droit dans les yeux d'un air grave :

— Je veux travailler... Pour vous payer une pension ici, puisque vous ne voulez rien de moi tant que je ne gagne pas ma vie. Elle me tourne brusquement le dos et court dans le couloir :

— En attendant, je vais chez le coiffeur.

Chère Jasmine délicate et fière ! Je te reconnais bien là.

En fin de matinée, Hermine, aussi émue qu'elle, est venue la chercher. Je n'ose pas leur souhaiter bonne chance !

Accroché à mon bureau, je travaille sans goût. Je voudrais que cette enfant soit heureuse quand elle aura chassé tous ses mauvais souvenirs.

Qu'apprendrai-je demain à la préfecture ? Et je me pose des questions. Est-il souhaitable que Jasmine rejoigne des parents si abusifs ? S'ils vivent, ils l'exigeront, avec la loi pour eux. Le mieux serait qu'ils la laissent vivre à Paris. N'est-ce pas une improbable éventualité tant que les petits enfants ne sont pas élevés ? Ils ont besoin d'elle.

J'envisage aussi un message dramatique de la part du service des recherches. Jasmine ne m'a-t-elle pas dit avoir vu une flaque de sang dans la salle de séjour de sa maison ? Tant de crimes ont été commis en Algérie !

J'attends la communication du destin sans patience. Mais mon courrier est abondant, les heures finissent par tourner. Il est midi. On sonne.

Angélique occupée à la cuisine, je cours ouvrir :

C'est un tourbillon qui entre. Jasmine m'entoure le cou de ses bras en sautant, ses yeux brillent avec une insolite intensité, elle rit aux éclats :

— Cher Alex, je débute dans un mois chez Jacques Heller ! Je gagnerai pour commencer sept cents francs par mois. Je ne présenterai uniquement que les robes « jeunes filles ». Mon Dieu ! Que je suis heureuse ! Heureuse !

J'essaie de calmer cet enthousiasme un peu effrayant, et c'est alors que je remarque Hermine, la tête basse, les larmes aux yeux.

— Et vous, Hermine ?

— Moi non, je ne suis pas engagée. « Je dois faire des progrès. »

J'invite à entrer les deux jeunes filles, et je retiens la petite malchanceuse à déjeuner. Elle demande seulement de téléphoner chez elle pour prévenir sa mère.

Pendant qu'elle le fait, Jasmine m'interroge :

— Comment annoncer la nouvelle à madame Sardet ?

— Elle dîne ici ce soir. Nous lui dirons la vérité, ton impatience et ton succès. Au fond, quoi que tu en penses, tu lui dois beaucoup, et il faut la remercier.

— Je lui achèterai des roses. Elle les adore.

Après avoir un peu pleurniché au téléphone auprès de sa maman, Hermine a un sourire radieux. Quel âge comblé !

— Je reste déjeuner. Merci, monsieur Marodon, après tout, comme maman me le rappelle, je n'ai pas encore dix-huit ans...

— Voilà ce qu'il faut penser, petite. Vous avez bien le temps.

Le déjeuner commence gaiement, et je mets à rafraîchir une bouteille de champagne, aux exclamations ravies des deux enfants. Comme des oiselles, s'interrompant l'une l'autre, elles me racontent « l'aventure » de leur matinée.

Elles me font imaginer l'air triste et distant du couturier, dans son salon rose et or, entouré d'un état-major de dames à lunettes, et d'une secrétaire arrogante, immobile, le bloc-notes et le crayon aux doigts.

— Nous avions un trac ! lance Hermine.

— Nous étions vingt-cinq au moins, dit Jasmine, et en écoutant les conversations, nous avons compris que beaucoup de postulantes avaient été envoyées par des amis du grand Jacques. « Vous savez qu'il n'y a que deux places », nous apprit la dame qui nous a reçues. Le salon est tout en longueur...

— Il y avait plusieurs chaises « obstacles » placées sur le chemin qu'il fallait parcourir. Je me suis cognée trois fois, sans oser regarder mes jambes, et ce silence ! Et tous ces regards sans indulgence braqués sur moi !..

— J'ai eu beaucoup de chance, remarque doucement Jasmine, mais on m'a fait faire cinq fois le tour de la salle...

— A propos, mon futur patron m'a demandé que vous veniez le voir, je lui avais dit que j'étais sans nouvelles de mon père, et comme je suis mineure, n'êtes-vous pas en quelque sorte, provisoirement, mon tuteur ?

— Tu as bien fait. Je l'appellerai pour prendre rendez-vous avec lui, tu peux y compter. En attendant, mangez donc, petites !

La sonnerie stridente du téléphone nous fait sursauter. C'est Edith. Comme je suis gêné !

— Il faut que je vous parle, Alex. Puis-je m'inviter à déjeuner ? Vous le voyez, je suis un vrai « pique-assiette », puisque je dois dîner aussi chez vous... Je suis à l'Opéra.

— C'est que j'ai commencé déjà ! Venez vite, chérie, nous vous attendons.

Tous les trois, nous gardons le silence, il nous semble qu'un petit orage se prépare.

— Jasmine, as-tu dit à monsieur Heller que tu étais une élève de l'école Sardet ?

— Oui. Il la connaît très bien.

— Alors Edith est au courant, c'est pourquoi, ne sachant pas que tu es rentrée, elle veut me parler tout de suite.

Je pense : comme les femmes sont compliquées ! Elle aurait pu attendre ce soir.

Quand ma fiancée arrive, nous ne doutons plus qu'elle « sait ». Sa surprise n'est pas feinte de voir les deux petites amies, car ma protégée devait déjeuner dehors.

— Voici deux cachottières, dont l'une est bien heureuse, n'est-ce pas ? Jacques m'a téléphoné... pour me féliciter.

— Oh ! Oui ? Merci, madame, dit ma petite sauvageonne émue.

— Alors ? Avais-je raison de me montrer sévère ? Votre succès aujourd'hui...

— Vous est entièrement dû, Edith, Jasmine le sait bien.

D'un air mystérieux, celle-ci se lève avec une vague excuse, et j'entends presque aussitôt la porte d'entrée se refermer.

— Que lui prend-il ? demande Edith.

— Je ne sais pas, dis-je avec autant d'innocence que je le puis.

— Si ces petites sottes avaient attendu trois mois, je les faisais engager à douze mille francs par an. Quelle génération, chéri, elles sont impatientes d'« arriver » à dix-sept ans !

— C'est justement leur âge qui justifie toutes les impatiences.

Angélique rapporte des hors-d'œuvre.

Ouf ! Ce n'était qu'un tout petit orage. Edith est décidément très intelligente !

— C'est de tout cela que je voulais vous parler, me dit-elle avec reproche. Je ne savais pas que vous étiez déjà au courant.

— Je le suis depuis tout à l'heure.

Il faut mentir avec Edith, comme avec la plupart des femmes, pour ménager leur susceptibilité, éviter leur rancune.

— Je ne pensais guère que Jasmine n'en ferait qu'à sa tête. Depuis quelque temps, elle paraissait docile... Enfin, un peu plus qu'avant. C'est une fille secrète, dissimulatrice. C'est elle qui vous a entraînée, n'est-ce pas, Hermine ? Regardez-moi donc au lieu de fixer votre assiette.

— Non, elle ne m'a point entraînée, madame. Nous avons appris ensemble de mademoiselle Sylvaine que Jacques Heller recrutait pour la présentation de sa prochaine collection, et nous avons été d'accord tout de suite pour tenter notre chance.

— Vous auriez pu m'en avertir, me demander mon avis. Je vous aurais donné quelques conseils de dernière heure.

— Jasmine s'est bien débrouillée, dit suavement sa compagne.

Edith accuse le coup :

— Jacques est plus indulgent que moi, et puis... C'est un homme ! Mademoiselle Ortégar ne manque pas de charme, mais elle devra se méfier, tout semble indiquer que la maison est en perte de vitesse. Cette enfant a encore tellement besoin d'apprendre ! Comment saurait-elle « sentir » les robes qu'elle va présenter ? C'est la meilleure qualité d'un bon mannequin.

Il ne suffit pas d'être jolie. Enfin, pour présenter des toilettes jeunes, sa gaucherie la servira peut-être ?

« Toutes deux, ma petite Hermine, êtes un mauvais exemple pour mes autres élèves. À l'avenir, soyez patiente, et demandez-moi la permission de vous présenter dans une maison.

— Oui, madame, dit Hermine pleine de soumission.

Et Jasmine revient, respirant avec force, tant elle a monté vite les escaliers. Elle tient à la main un énorme bouquet prisonnier d'un papier glacé, et le tend à Edith en un geste de reconnaissance.

— Ces roses sont pour vous, madame, faible remerciement pour vos conseils.

Ma fiancée semble d'abord très surprise, puis confuse et ravie.

— Je voudrais vous embrasser, madame.

Edith tend sa joue en souriant.

Allons ! voilà ces deux êtres réconciliés. La vexation du professeur est compréhensible, l'enthousiasme et la « témérité » de l'élève aussi.

Si je suis rassuré sur ce point, je le suis moins sur la signification du rendez-vous à la préfecture. J'ai l'intention de me taire pour ne pas troubler le déjeuner de Jasmine, qui finit joyeusement quand le champagne est servi.

Le lendemain, à dix heures moins le quart, je longe les quais où les arbres ont retrouvé toutes leurs larges feuilles de l'été qui vient.

Dans le noir bâtiment de la préfecture, je prends le petit escalier, étroit et nu, qui mène au bureau des « recherches dans l'intérêt des familles ».

C'est M. Antar, le directeur lui-même, qui me reçoit : c'est un petit homme sympathique et ridé.

Instinctivement, après avoir remarqué son air soucieux, je regarde sur le bureau quelques feuilles éparses sur un grand registre ouvert. J'essaie de lire des « en-têtes » à l'envers. Il y a là une lettre d'« Air-Algérie », la compagnie aérienne, une note de la préfecture d'Alger, plus une épaisse lettre manuscrite.

M. Antar tapote les papiers en suivant mon regard, sans rien dire.

— Monsieur, lui dis-je d'une voix étranglée, vous m'avez fait venir...

— Oui, monsieur Marodon. J'ai tous les renseignements que vous nous avez demandés depuis plusieurs jours, mais nous avons dû vérifier... Enfin, l'enquête est terminée.

« J'ai le pénible devoir de vous annoncer que la famille Ortégar, comprenant madame et monsieur Ortégar et leurs six enfants, sont décédés dans une catastrophe aérienne, criminellement provoquée.

— Mais... Enfin, je ne comprends pas. Toute la famille devait prendre le bateau. L'aînée, ma petite protégée, avait retenu des places pour chacun...

M. Antar tousse pour s'éclaircir la voix, ou masquer son émotion en voyant mon trouble et mon angoisse :

— Nous savons par un certain Garcia que ces pauvres gens devaient en effet s'embarquer. Mais cet agriculteur, vieil ami de monsieur Ortégar, apprit quelques heures avant le départ prévu que des fellagahs s'apprêtaient à piller la région et à massacrer ses habitants.

— Piller ? Pourtant, la famille vivait bien modestement. Je ne comprends pas.

— Ce n'aurait pas été le premier crime gratuit de bandes « incontrôlées »... Monsieur Garcia, non seulement prévint son ami, mais lui proposa de prendre les huit places dans l'avion d'Air-Algérie, que son patron, monsieur Daubert, lui céderait, car il avait, lui, remis le voyage de sa famille à plus tard, ayant encore des affaires à régler.

« Garcia devait prévenir mademoiselle Jasmine en retournant à Alger. Il devait lui recommander de revendre les places de bateau... (Croyez-moi, les amateurs devaient être nombreux !) afin de pouvoir régler plus tard monsieur Daubert. Il devait en outre l'engager à s'embarquer seule pour Marseille, où rendez-vous avait été pris pour le surlendemain dans un café du cours Belzunce. Garcia, dans la foule, ne devait pas retrouver mademoiselle Ortégar. Nous savons qu'elle s'est bien embarquée, mais hélas ! l'avion d'Air-Algérie était piégé. La bombe qu'il contenait explosa en pleine Méditerranée, et l'appareil s'abîma dans les flots presque en miettes. Malgré les secours relativement rapides d'un chalutier dont l'équipage assistait, non loin de là, à cette tragédie, aucun passager ne put être sauvé. Les journaux ont parlé de cette affaire... Voici le rapport d'Air-Algérie, les actes de décès de la préfecture. Voici...

Je n'entends plus la voix de M. Antar, et ma vue se trouble au point qu'il me semble voir la fenêtre, ouverte sur le tumulte de la rue, vaciller elle aussi.

Jasmine n'avait, à ma connaissance, d'autre famille, d'autres parents que ceux-ci. Jasmine, la pauvre enfant, est orpheline ! Je rassemble mes esprits pour dire :

— Etes-vous bien certain, monsieur, que toutes ces horribles choses sont arrivées ?

— Mais je vous affirme depuis un instant que tout a été contrôlé.

— Excusez-moi...

— Tenez, voici encore une lettre du colon monsieur Daubert, qui en cédant ses places, échappa lui et sa famille à une mort certaine. Il dit combien il regrette d'avoir fait cela.

M. Antar a un sourire triste :

— Peut-on le croire ? C'est lui qui conduisit toute la famille à l'aérodrome de Maison-Blanche.

— Mais enfin... Mademoiselle Ortégar, de retour à la ferme, a vu du sang dans une pièce, et des traces de lutte ?

— Monsieur Garcia et son ami connaissaient bien les Arabes, d'où cette mise en scène, car c'en était une. Le sang d'un poulet et quelques sièges brisés ont suffi à faire croire aux pillards que d'autres fellagahs étaient déjà passés par là, et les éloignèrent de la propriété de monsieur Daubert, assez voisine de la pauvre maison, pour tenter les criminels. Mais, d'ailleurs, le personnel nombreux du colon était armé de fusils et de bombes. Pour une raison ou pour une autre, il fut épargné.

Tout cela est horrible, sans appel. Les genoux tremblants, je prends confé de M. Antar, sans entendre les condoléances que je dois « transmettre » à ma protégée.

Incapable de marcher longtemps, je hèle un

taxi, et je passe en revue quelques manières d'annoncer à Jasmine l'horrible fatalité du destin de sa famille... Sans en retenir aucune. Quand j'arrive à la maison, c'est elle qui m'ouvre la porte. Je ne m'y attendais pas, et je n'ai pas eu le temps de me composer un visage.

— Que se passe-t-il, Alex ? Vous avez l'air bouleversé ?

Alors, je ne puis me contenir davantage, je l'entraîne dans mon bureau, et je lui lance :

— Je reviens du bureau des recherches...

Elle pâlit :

— Vous savez quelque chose ?

— Hélas ! oui, mon petit, et tu dois te montrer courageuse.

Instinctive, elle dit d'une voix sourde :

— Je savais que je ne reverrais personne. Même pas mon petit Ignacio...

Avant que j'aie fini de lui raconter l'aventure, elle éclate en sanglots et je suis désespéré de son chagrin.

Ni son père, ni sa belle-mère n'étaient très bons pour elle, qui songeait à les fuir, mais malgré tout ils étaient ses parents, et c'est une adoration qu'elle avait pour le plus jeune enfant de la famille. Elle sanglote sans un mot, les épaules secouées, la tête dans ses mains. Elle glisse peu à peu du fauteuil où je l'ai forcée à s'asseoir, et la voilà raide sur le tapis, avant que j'aie pu faire un geste pour la retenir, comme une morte.

Cette vision m'est insupportable :

— Je t'en prie, Jasmine... Je t'en prie...

Je ne trouve rien d'autre à dire en l'aidant à se relever.

— Tu devrais t'étendre un peu. Viens dans ta chambre.

Ses cheveux en désordre eux aussi semblent mouillés de larmes.

— Je suis seule ! crie-t-elle soudain, vraiment seule au monde. Je n'ai plus un parent. Je n'ai que vous... Ne m'abandonnez pas.

— Sois sans crainte, mon petit. Je demeure ton ami et prendrai soin de toi.

Nous sommes arrivés à sa petite chambre. Elle refuse de se déshabiller, ce qui pourtant la reposerait davantage.

Elle se laisse tomber sur le lit, la tête enfouie sous l'oreiller pour étouffer ses sanglots, et d'une toute petite voix :

— Laissez-moi seule, Alex, je vous en prie.

— Oui, Jasmine, oui, mais sache que je ne sors pas. Je reste à mon bureau, non loin de toi. Appelle-moi si tu veux quelque chose ou si tu as trop mal.

Pauvre enfant ! Elle était hier si heureuse de sa réussite ! Non, je ne l'abandonnerai jamais. Il me faudra essayer d'être légalement son tuteur, pour pouvoir mieux la protéger et l'aider. Il faut que ma fiancée soit d'accord. Mais je dois d'abord en parler à Jasmine.

Pour l'instant, je téléphone simplement à Edith que ma chère enfant ne pourra venir à son cours, et je lui en donne la raison :

— Mon pauvre ami ! me répond-elle, vous voici le seul appui de cette réfugiée. Vous avez pris une grave responsabilité en l'accueillant chez vous.

Je ne regrette rien et je le lui dis.

Il me semble la voir hausser ses belles épaules, et son « au-revoir » est sans chaleur.

J'essaie de travailler, sans goût. Et le téléphone n'arrête pas de sonner ! C'est le journal me donnant de nouvelles consignes, ce sont des collègues négligés qui demandent à me voir, de simples relations qui se rappellent à mon bon souvenir.

Et dire que la pauvre enfant doit entendre, de sa chambre, ces appels stridents !

Pour finir, je décroche l'appareil.

C'est aujourd'hui le jour de sortie d'Angélique, l'appartement devient enfin absolument silencieux, paisible mais lugubre. Vers les six heures, je décide d'aller frapper à la porte de Jasmine. Elle ne me répond pas, mais je ne l'entends plus pleurer. Chez elle aussi, c'est le silence complet. Un miséricordieux sommeil lui donne sans doute un répit.

Pour m'en assurer, je pousse légèrement la porte, et je reste saisi :

Les yeux grand ouverts et secs, Jasmine tourne sa tête à droite, à gauche... Comme égarée. Elle essaie en vain d'esquisser un sourire. Son merveilleux visage a pris soudain la teinte d'un citron très mûr.

— Qu'as-tu, mon enfant ?

Elle arrive à peine à murmurer :

— Je ne puis me lever. J'ai essayé. Il y a longtemps que je voulais vous rejoindre. Mais dès que je me soulève de mon lit, j'ai mal au cœur. Les objets tournent, la pièce bascule... Il me semble être sur un bateau pendant une rude tempête !

— C'est le choc, mon petit. Attends... Que ne l'ai-je fait plus tôt ! Je vais appeler mon ami d'enfance, l'excellent docteur Médioni.

Ce disant, je cours vers mon bureau.

Mon cher ami est en consultations, mais il prendra une heure pour faire un saut rue Lafayette. En attendant, il me recommande de faire boire à la jeune fille plusieurs verres d'eau glacée.

Je reviens vers Jasmine pour la rassurer. Je connais le dévouement de mon cher André. Bien que ne l'ayant pas encore rencontrée, il sait l'intérêt que je porte à cette enfant, et sera là bientôt.

Maintenant, Jasmine pleure doucement, sans bruit, et je suis nâvré par mon impuissance à la consoler.

Il va être sept heures : on sonne, c'est le médecin.

En le conduisant vers la petite chambre, je le mets au courant :

— Comme tout cela est affreux ! me dit-il.

En la voyant, il a un choc qui m'est perceptible et m'angoisse follement. Il lui prend la main, tandis que de l'autre, il tire un peu sur la paupière inférieure, puis il sourit :

— Cette enfant nous fait simplement une belle jaunisse ! Nous allons vite la soigner. Ce sera sans gravité.

Alors je retiens très fort une envie de pleurer, inopportune et ridicule.

X

Mon petit soleil est couché depuis cinq jours, et toute la maison paraît obscure.

Angélique est de mon avis : ne plus entendre le rire frais de Jasmine, ne plus jouir de sa grâce juvénile, est pour nous une punition imméritée.

Mon ami André Médioni, le docteur, est revenu pour constater une amélioration dans son état, mais la malade devra reposer encore quelques jours, bien prendre ses médicaments, et surtout ne pas attraper froid. Un petit radiateur chauffe la pièce en ce mois de juin encore un peu frais. Moralement aussi, Jasmine va mieux. Elle semble se résigner à son malheur, mais physiquement, elle est fiévreuse, et son teint reste d'un jaune malsain.

Chris, hier, a annoncé sa venue pour aujourd'hui. A trois heures précises, il sonne ses trois coups vigoureux, il entre et m'embrasse.

Cet athlète blond d'un mètre quatre-vingts m'étonne toujours avec ses yeux bleus presque féminins à force d'être démesurés.

Bien qu'il soit un neveu affectueux, j'ai

envers lui, comme envers tous les jeunes hommes de son âge, une sorte de crainte irraisonnée, parce qu'ils sont durs et que leurs réflexes sont pour la plupart inimaginables, imprévisibles pour nous, les « croûlants ». Et on se sent près d'eux tellement plus âgé !

— Je suis content, tonton ! Tout pour moi marche sur des roulettes. Tu n'as pas besoin d'argent ? J'en gagne beaucoup en ce moment.

— Non ! Je n'ai jamais besoin d'argent.

— Veinard ! A quand le mariage ?

— Bientôt, mon petit, le quinze octobre. Edith a eu beaucoup de difficultés.

— Je m'en doute.

Et comme nous sommes entrés dans le bureau :

— Tu m'offres un verre ?

Je pousse vers lui la bouteille de whisky déjà préparée sur la table ronde. Il se verse une large rasade qu'il avale sans eau. Je lui dis :

— J'espère que tu ne prendras pas, en Amérique, l'habitude de trop boire ? Ne te laisse pas entraîner.

Il me regarde goguenard, bien installé dans le grand fauteuil :

— Me laisser entraîner, moi ? Faudrait qu'on se lève tôt !

C'est vrai, il est fort, sûr de lui, comme ils le sont tous à son âge, ou du moins le font croire.

— Ma petite protégée a appris il y a moins d'une semaine la perte de toute sa famille. Le choc fut si grand qu'elle en a contracté une jaunisse...

— Pauvre gosse !

Et je lui raconte en détails la malheureuse odyssée de la famille Ortégar.

Chris compatit sincèrement :

— Je pourrai la voir quand même ?

— Attends, je vais le lui demander.

Jasmine, les cheveux poissés de sueur, son pauvre visage exsangue, acquiesce à ma requête, et remonte instinctivement son drap jusqu'au menton.

Je préviens Chris :

— Attention à ton langage. Jasmine n'est pas une « pépée ».

Il reste immobile, surpris, à la porte de la chambre, puis s'avance pour serrer la main qu'on lui tend avec un sourire mince.

— Je suis navré pour vous, dit-il, mais avec le tonton à vos côtés, vous vous rétablirez vite, et si vous le voulez, quand je serai revenu de New York, je vous ferai visiter Paris.

— J'ai déjà découvert beaucoup de belles choses, vous savez, grâce à votre oncle.

— Je vous en montrerai d'autres. Il faut des mois et des mois pour connaître Paris.

— Je m'en doute, et j'accepterai avec plaisir. Quelle joie vous devez éprouver de connaître bientôt l'Amérique !

— Vous aurez aussi, probablement, un jour cette joie. Tonton m'a dit que vous alliez être mannequin chez Jacques Heller. Après trois mois d'exercices, c'est « champion » ! Même quand le professeur s'appelle madame Sardet. Car vous savez, les Américains adorent les mannequins français. Je suis certain que d'ici quelque temps, vous devrez aller là-bas. A Paris, j'ai quelques amis photographes de mode, je vous mettrai en relation avec eux. Mais pour cela, il faut guérir.

— Je guérirai, dit-elle avec son premier sourire chaleureux depuis longtemps.

— Allons, Chris ! Il ne faut pas fatiguer cette enfant.

Chris fait volte-face :

— Au-revoir, mademoiselle. Je m'envole après-demain, mais dès mon retour, nous sortirons ensemble. Je vous présenterai des copains.

— Vous êtes bien aimable, j'y compte, monsieur.

— Pas tant de cérémonies ! Appelez-moi Chris comme tout le monde.

— Bon voyage, Chris !

Et voilà. La connaissance est faite.

En descendant l'escalier de la petite chambre, mon neveu me lance :

— Elle n'est pas si jolie ta « Chinoise » et je ne sais si elle est bien construite, mais elle est gentille...

— Chut ! Tais-toi ! Garnement ! Elle pourrait t'entendre. Il est évident que cette maladie ne met guère en beauté. En revenant d'Amérique, tu connaîtras une autre Jasmine, une créature éblouissante.

Chris me toise, railleur :

— Comme tu en parles ! Avec quelle voix ! N'oublie pas que tu es fiancé, cher oncle.

— Tu es vraiment stupide. Edith vient dîner ce soir, reste avec nous ?

— Tu n'y penses pas !... Mes valises à boucler... Quelques achats me prendront toute la soirée. Ton neveu doit être à la hauteur. Les Américaines vont se l'arracher.

— Tu ne pourrais pas être parfois sérieux ?

— A mon âge ? Tu veux rire ? J'ai le temps ! Allez, je t'embrasse, et je t'enverrai des cartes postales. Tu feras de ma part une bise à mademoiselle Ortégar... Quand elle sera moins jaune !

Mon grand fou de neveu est parti. Je vais dans la cuisine causer avec Angélique du dîner de ce soir.

Jasmine n'aura droit qu'à une côte de mouton avec de la salade cuite. Mais Edith, ma chère gourmande, est bien portante. Alors, nous envisageons un fin menu qui se terminera par un soufflé au Grand-Marnier.

A sept heures, je reconnais le coup de sonnette discret. C'est ma belle amie froufroutante dans une robe de taffetas gris, éclairé d'une fleur rouge, parfumée, capiteuse... Je l'embrasse longuement. Elle me demande aussitôt :

— Comment va la malade ?

— Le docteur affirme qu'elle sera sur pied d'ici quelques jours.

Edith enlève son chapeau et se tapote les cheveux devant la grande glace du bureau :

— Ainsi vous aurez fini de vous tourmenter, dit-elle avec un sourire, puis-je vous dire cependant mon inquiétude, en constatant la place immense que cette jeune fille prend dans votre vie ?

— Ce n'est pas la vôtre en tout cas, chérie. Mais comment refuser sa protection à une enfant si malheureuse ?

Ma fiancée s'asseoit en face de moi, dans le grand fauteuil :

— On sait que vous êtes un vrai saint-bernard ! Pourtant, rassurez-vous, Jasmine sait déjà très bien se défendre. Je l'ai étudiée. Sa fragilité, sa vulnérabilité ne sont qu'apparentes. C'est un petit être secret, têtu, qui s'est fixé un but, et qui l'atteindra. Pour cela, peu lui importent les moyens.

— Je crois au contraire cette enfant très scrupuleuse. Expliquez-vous chérie, quel but poursuit-elle ?

— Comme vous êtes un homme ! Mais réussir dans la vie, voyons ! Avoir une position et de l'argent...

— N'est-ce pas normal pour une fille de cette génération de jeunes loups ? Je crois qu'elle peut prétendre raisonnablement à un avenir harmonieux. Elle est intelligente et jolie, peut-on lui en vouloir d'espérer ?

— Non, sans doute. Mais une chose me déplaît. Elle s'est servie de vous comme de la première marche de la longue ascension qu'elle s'est promise... Votre manque de lucidité dans son cas me désole. Voyez-vous, elle fait semblant de solliciter des conseils, et finalement n'en fait qu'à sa tête ! En un mot, elle n'est pas « sincère ». N'avait-elle pas caché à tout le monde qu'elle irait se présenter chez Heller ?

— Son impatience n'a guère l'avidité que vous lui prêtez. Jasmine avait seulement hâte de n'être plus entièrement à ma charge. N'est-ce pas à son honneur ?

Elle hoche la tête sans répondre.

Il faut que je me fasse une raison : Edith qui a tout, beauté, fortune, intelligence, Edith, cette femme de tête sûre d'elle, de mon amour, de ses amis, est jalouse d'une innocente qu'elle voudrait faire passer à mes yeux pour une intrigante.

J'en suis irrité, et j'en conclus :

— E c o u t e z, chérie ! Attendons quelque temps, et nous verrons bien si vous ne vous êtes pas trompée.

— D'accord, Alex, mais vous saurez que pour une fois votre lucidité se trouve en défaut.

— Puis-je monter la voir ?

— C'est inutile, elle se repose.

La soudaine sécheresse de ma voix semble peiner ma fiancée. Edith se trompe, mais il y a des circonstances atténuantes à son parti-pris : elle m'aime.

— Vous avez une robe exquise, chérie.

— Je l'ai eue à la « boutique » de chez Balmain.

— Vous avez un goût parfait. Si Balmain l'a faite, vous l'avez choisie.

Nous parlons de Chris.

— Quel charme et quel vitalité ! s'exclame Edith. Il est venu me voir rue Saint-Lazare en plein cours. Toutes mes filles le dévoraient des yeux. Il est vraiment très beau !

— Et puis, n'est-ce pas, ce départ pour l'Amérique, quelle auréole ! et quelles promesses !

— Il n'aurait que l'embarras du choix pour faire un excellent mariage.

— Je ne pense pas qu'il y songe pour l'instant. Il a d'autres projets en tête.

— Surtout celui de devenir le plus grand imprésario du monde.

— Tout simplement ! Comme vous le connaissez bien !

Nous rions ensemble.

Ces jeunes ont de la vie un féroce appétit. A l'âge où nous rêvions la tête près des étoiles, comme ils ont, eux, les deux pieds sur terre ! Justement, il me semble que Jasmine fait exception. C'est une biche parmi ces fauves, elle a doublement besoin de protection. Le dîner servi, nous parlons de tout autre chose. Edith me raconte ses potins, et j'avoue y prendre plaisir. Elle a une manière si personnelle de les présenter, et dans le monde luxueux qu'elle fréquente, les prétextes sont nombreux pour faire parler de soi, de comique façon, car le ridicule ne tue plus à partir d'un certain chiffre de fortune...

Angélique a monté son dîner à Jasmine, mais comme celle-ci dormait, la brave femme est redescendue son plateau sur les bras. Je suis heureux de savoir que ma protégée repose enfin.

Après le repas délicieux, nous prenons le café sur la petite table ronde près de la fenêtre, d'une main seulement. Les deux autres se sont enlacées, et nous jouons à chercher à boire chacun dans la tasse de l'autre.

Tout d'un coup, nous entendons un frôlement derrière nous, et nous nous retournons étonnés.

C'est Jasmine, longue et mince dans son peignoir bleu. Les yeux tristes, largement cernés de fièvre, elle nous sourit.

— Jasmine, quelle imprudence ! Comment as-tu trouvé la force de descendre ? Nous pensions que tu dormais.

— Oui, j'ai un peu dormi, et me suis réveillée plus vaillante, alors je suis descendue pour vous dire un petit bonsoir.

Elle s'assied sur une chaise, les jambes sagement ramenées vers elle qu'elle tient de ses longs doigts croisés.

— Comme c'est gentil ! dit Edith, le regard vague.

— Oui, je savais que vous étiez ici, madame, et... Je voudrais vous demander... Car une idée me tourmente... Croyez-vous que je ferai l'affaire chez Heller ?

— Il est un peu tard, et à la fois un peu tôt, pour vous le demander, répond ma tendre amie en agitant ses bracelets, j'espère que vous saurez être attentive, souple, exacte. Il faudra toujours être soigneusement coiffée et manucurée. Vos camarades de cabine vous donneront des détails plus pratiques. Ne vous inquiétez pas. Jacques vous a engagée, c'est le principal... Vous ne buvez rien ?

Angélique bougonne pour ce qu'elle appelle « la témérité » de mademoiselle, mais elle apporte une bouteille d'eau minérale. Jasmine, d'un trait, boit son verre, et ma fiancée met ses gants puis se lève.

— Pourquoi partir si tôt, chérie ?

Elle a un rire bref :

— D'abord pour vous laisser dormir tous les deux, vous devez en avoir besoin, ensuite pour finir de préparer la conférence que je ferai aux « Ambassadeurs » le dix du mois prochain.

— Je sais qu'on présentera des mannequins de votre école, madame, si vous le désirez, je serai à votre disposition.

Edith la toise en souriant :

— Vous êtes encore trop néophyte pour vous donner en spectacle devant un public averti. Il me faut des mannequins au métier très sûr. Merci tout de même, petite.

Tout à l'heure, elle encourageait cette inquiète enfant, quelques minutes plus tard, elle la décourage. Mon Dieu ! ce que les femmes les plus intelligentes peuvent être compliquées, et parfois maladroites !

A la porte, j'enlace Edith, elle ne répond guère à mon étreinte, m'embrassant sagement sur le front. Puis elle part de sa démarche hautaine et si légère pourtant !

Je suis presque de mauvaise humeur que Jasmine nous ait dérangés. Notre mariage me semble encore lointain. J'ai très envie d'être l'époux de madame Sardet.

En rentrant dans la pièce, je n'en veux plus à ma petite protégée, dont le sourire confus semble demander pardon.

Jasmine me parle aussitôt de Chris. L'idée de puissance qu'il donne, et son beau visage régulier ont dû faire impression sur elle.

— Il est bien, et il a l'air charmant, mais comme je n'aimerais guère épouser un homme de son genre !

— Pourquoi ?

— Ses succès féminins ne doivent plus se compter. Vous savez, il me semble que si j'aimais quelqu'un, je serais jalouse.

— Pauvre enfant ! Tu aurais fort à faire en effet. Mon neveu évolue parmi de jeunes écervelées avides de faire une carrière au music-hall ou à l'écran. Toutes ces starlettes sont peu sérieuses, prêtes à tout pour réussir. Leur école n'est pas une école de vertu.

— Celle de madame Sardet, non plus.

— Je le sais, mon enfant. Mais je sais aussi que je puis compter sur toi. Ton intelligence doit t'empêcher de commettre toutes ces bêtises pouvant gâcher une vie.

— Je suis donc intelligente ? Merci, Alex.

Elle a dit cela avec trop de sentiment. Je plaisante :

— Une jeune fille intelligente et sage, encore

en pleine jaunisse, va se coucher quand il est dix heures. Viens !

Je soutiens par la taille sa démarche encore un peu défaillante, et je la conduis vers la porte de sa petite chambre.

Son sourire est soudain plus gai, elle me lance :

— Soyez tranquille, n'ayez pas peur, je ne serai jamais amoureuse de votre neveu. Je ne figurerai jamais à son tableau de chasse déjà si complet.

— Mais... je l'espère bien ! Bonsoir, petite.

Pourquoi m'a-t-elle dit cela ? Avais-je l'air d'avoir peur ?

Huit jours plus tard, Jasmine est complètement guérie. Elle a retrouvé son teint de miel et tout l'éclat de sa beauté. Pour fêter cette guérison, je l'invite à passer une journée à Versailles en compagnie d'Edith. Mais celle-ci s'excuse avec le prétexte réitéré de sa prochaine conférence aux « Ambassadeurs ».

Nous sommes donc deux à admirer (pour moi, c'est la centième fois) les admirables perspectives de la cour, du parc et du château. Ma chère protégée semble éblouie. Elle l'est davantage quand nous entrons, et je lui explique en marchant que l'ancien pavillon construit par Louis XIII est devenu cette merveille que le monde entier nous envie, par la volonté de Louis XIV que Fouquet avait eu l'imprudence d'étonner par son luxe. Le Roi-Soleil voulut faire mieux que lui, et il y réussit, car il en avait les moyens et le goût.

Jasmine boit mes paroles et ma modeste érudition.

Dans les appartements du roi et de la reine habilement reconstitués, ma petite amie ne peut que balbutier son intense émotion, mais dans la galerie des glaces, elle affirme avec raison que celles-ci ont reflété la blondeur de Marie-Antoinette et tant d'autres figures tellement étonnantes ! Versailles, c'est trois siècles d'histoire. Sans écouter le guide ni les touristes bruyants, nous rêvons... Que Jasmine ait d'abord pensé à Marie-Antoinette prouve sa sensibilité, car cette reine infortunée ne fut-elle pas la plus touchante des victimes ?

L'harmonie des jardins dessinés par Le Nôtre arrache à cette enfant de nouvelles exclamations, d'autant plus que les grandes eaux lâchées que le soleil irise retombent en leur bassin avec un murmure plein de fraîcheur.

A treize heures, nous nous arrêtons à l'un des restaurants de la place. Nous y mangeons mal pour fort cher, mais Jasmine trouve le repas délicieux, ravie, et son ravissement me comble.

Au dessert, je lui montre une carte de Chris représentant la cinquième avenue de New York :

« Les vitrines sont presque aussi belles que celles du Faubourg-Saint-Honoré, écrit notre voyageur, mais les femmes le sont bien davantage. Habillées à Paris, elles seraient irrésistibles. Mon cher tonton, je jouis ici du confort dont j'ai toujours rêvé.

« Je vous embrasse, sans oublier Edith ni mademoiselle Ortégar. »

C'est laconique, mais significatif, Chris est enchanté de son séjour aux U.S.A.

Jasmine fait la moue :

— Il m'appelait Jasmine la première fois qu'il me vit, aujourd'hui il écrit « mademoiselle Ortégar ». N'est-ce pas insolite ?

— Quelle importance, enfant ! Viens, nous allons jeter un coup d'œil sur la ville et ses monuments.

Nous ne rentrons qu'à six heures, et je suis fourbu, mais Jasmine est fraîche comme une fleur à l'aube.

Elle me dit :

— C'est bon et c'est agréable d'être aimée par vous. Aucun des jeunes gens que j'ai rencontrés en Algérie ou ailleurs n'était aussi savant. Ils pensent surtout aux sports et au flirt, l'histoire, ni la sensibilité ne peuvent les intéresser.

— Tu dis des sottises, et tu juges hâtivement, ni mon érudition, ni ma sensibilité ne sont exceptionnelles.

Elle se réjouit d'aller entendre, ce soir, *Tartuffe*, à la Comédie-Française. Nous profitons de sortir, avant que ma protégée ne commence sa carrière de mannequin. Edith ne lui a pas doré la pilule, c'est un métier fatigant, et lorsque les nuits ne sont pas employées à des soirées professionnelles, il vaut mieux les dormir.

Tartuffe est fort bien joué, mais cette fois Jasmine boude un peu Molière :

— C'est admirable, dit-elle, mais très exagéré. Aucun être humain ne peut être aussi fourbe que celui-là.

Quelle naïveté ! Comme tu es jeune, enfant ! J'en ai connu de pires ! Mais ne dois-je pas lui laisser encore quelques illusions sur son prochain ? La vie se chargera bien assez tôt de l'instruire ! En revenant à minuit, Jasmine voulait prendre un livre dans la bibliothèque : elle est insatiable, mais je dois veiller sur sa santé, et je refuse vigoureusement le livre, jusqu'au lendemain.

Alors elle m'embrasse sur le front pour me souhaiter une bonne nuit, et aussi pour me dire qu'elle m'est éperdument reconnaissante.

XI

Le lendemain matin, je reçois encore des nouvelles de Chris. Cette fois, c'est une longue lettre, et après l'avoir parcourue, je la lis tout haut à Jasmine.

C'est un monologue aussi pittoresque que d'habitude, truffé d'argot, de remarques piquantes. Il se moque de tout, de tout le monde et de lui-même.

Mlle Ortégar reste songeuse.

— Comme il a de l'esprit ! dit-elle, et combien je l'envie de découvrir un si beau pays !

— Sois patiente. Ton nouveau métier te donnera aussi des occasions de voyager.

Et je pense à part moi :

« J'espère que ce seront de courts voyages. Comment me passer désormais de cette petite fée, qui chaque jour embellit ma vie ? Pourtant, Jasmine finira par se marier, c'est certain. Elle s'envolera de ce foyer provisoire... Je voudrais m'efforcer de l'oublier. C'est encore une enfant, et je ne crois pas qu'elle pense déjà à l'amour. Rien ne devrait arriver dans ce sens, avant trois ou quatre ans. Je serai depuis longtemps marié, et si Edith était d'accord, nous pourrions adopter la petite « sans famille ». Mais Edith est plus que réticente, il faudrait un événement miraculeux pour l'éclairer sur la véritable personnalité de ma chère amie. Comme toutes nos tendresses sont entachées d'égoïsme ! »

A la fin de sa lettre, Chris nous annonce qu'il sera de retour dans huit jours.

Jasmine, puérilement, bat des mains.

— Je ne commencerai à travailler que dans deux semaines, je pourrai donc d'abord sortir avec lui. Il me l'a promis.

Sans doute, mais pourquoi cette explosion de joie ? Ne sort-elle pas tout aussi bien avec moi ?

Que me disait-elle donc hier ? « C'est bon de se sentir aimée par vous, les jeunes gens ne sont pas si savants, ils ne pensent qu'aux sports... »

— Dis-moi où tu veux aller, petite, je t'y conduirai.

— Mais nulle part, Alex, nous sortons assez comme cela.

Son illogisme apparent me laisse bouche bée.

En vérité, elle s'imagine que Chris lui fera connaître d'autres plaisirs, de ceux qu'on ne peut partager qu'avec les jeunes de son âge... Et mon neveu est si léger ! Si imprudent ! Il faudra que je surveille de près leurs sorties.

La semaine se passe en visites à différents musées, à deux séances de cinéma. Comme Jasmine ne ressemble plus beaucoup à la petite sauvageonne du jardin d'essai ! Je suis prêt à le regretter. Pourtant, son charme et sa beauté sont intacts, un peu différents, civilisés ou sophistiqués, je ne sais plus. Cette transformation n'est-elle pas un peu mon œuvre ? Je vais me prendre pour Pygmalion, et ce serait une erreur, car à l'origine cette enfant se sentait déjà irrésistiblement poussée vers la connaissance, vers la beauté, vers la perfection humaine, celle qu'on n'atteint jamais. Son goût s'est raffiné. Jasmine vient de s'acheter deux robes un peu sombres (mais n'est-elle pas en deuil ?) qui paraissent, sur elle, sortir de chez un grand couturier. Les deux modèles par an, promis par Heller à son employée, ne lui iront guère mieux. Pourtant, Jasmine a acheté ces robes sans conseil, et seule, dans une boutique de « prêt à porter ».

Edith, un peu vexée une fois de plus de ne pas avoir été consultée, a simplement dit :

— Tiens, elles ne sont pas mal.

Et moi j'ai pensé que les économies de ma petite protégée devaient fondre, car elle s'achète aussi des chaussures et des sacs. Les hauts talons ne la gênent plus, et sa démarche devient presque aussi légère que celle de ma fiancée, inimitable. Mais il est temps pour Jasmine d'avoir un emploi rémunéré.

Chris est arrivé. Bronzé par le soleil de Californie où il a passé trois jours, heureux d'avoir placé en Amérique seize poulains de l'écurie de son patron. Turner l'a remercié par un gros chèque. Ensemble, ils ont vu et engagé pour leurs établissements de Paris et de province des attractions sensationnelles et pas chères.

Succès sur toute la ligne. Mon neveu est un ouragan de bonheur. Mais j'ai remarqué une certaine pâleur sur son visage, subite et fugitive, quand il a revu celle qu'il appeait « ma Chinoise ».

Dans une robe marron, à la forme presque géométrique, sans aucune garniture qu'un col rond de même tissu, ses merveilleux cheveux coiffés en boucles souples, Jasmine, les genoux joints sur une chaise basse du bureau, a une pose infiniment gracieuse.

Réellement ému, intimidé, mon neveu l'appelle « mademoiselle ».

— Vous oubliez nos conventions, lui dit-elle avec douceur.

Alors il rougit de plaisir :

— C'est vrai, Jasmine.

Mon neveu a tant de choses à raconter !

Je leur demande d'aller bavarder dans ma chambre, car je dois travailler.

Mais aujourd'hui ma tâche me pèse. Les mots ne viennent pas, ni les idées. Et ces éclats de rire juvéniles que j'entends, malgré la cloison, m'empêchent de me concentrer.

Je pense à ces nombreuses années planant sur mes épaules, et je voudrais retrouver moi aussi un rire insouciant.

Voyons, je vais faire plaisir à ces enfants. Pourquoi ne pas donner, ici, un petit dîner avec des jeunes de leur âge ? Jasmine, malgré son affection et sa gentillesse, se lasserait vite de ma seule compagnie. Offrons-lui un intermède.

Le dîner a lieu cinq jours plus tard, un

samedi de ce début de juillet, anormalement chaud.

Edith est parmi nous, bien sûr, et aussi Jean Tapy avec sa fiancée Sylvaine, une petite couturière de vingt-cinᆿ ans, jolie, élégante et sage. La petite Hermine a été heureuse de venir et Chris fut prié d'amener son copain Pierre-Louis, qui vient à vingt-trois ans de « reprendre » la librairie de son père sur la rive gauche. C'est un garçon que je connais bien, charmant, doux et cultivé, il forme avec Chris un contraste saisissant. L'amitié a, comme l'amour, des élans en apparence contradictoires, entre des êtres très différents.

Nous sommes huit. Le dîner presque exclusivement froid, étant donné la température, a été préparé par la bonne Angélique, et nous nous servirons nous-mêmes sur la grande table du bureau où nous avons décidé de manger.

Dès six heures, la pièce se transforme en volière. Hermine et Chris ont le verbe haut et couvrent facilement la douce musique de l'électrophone. Edith dans une merveilleuse robe blanche, trône sur cette petite assemblée avec un air d'indulgence qui lui va bien.

Jasmine a un sourire pensif. Pierre-Louis, visiblement, lui fait la cour, et c'est la première fois qu'il la voit.

Les verres embués circulent avec un Martini glacé, chacun s'abreuve sans étancher sa soif, car il fait vraiment très chaud. Pourtant, les deux fenêtres sont ouvertes, mais les hauts arbres du jardin de la cour restent droits et immobiles.

— Regardez votre doitgt, dit Edith, il est

gonflé. Quelle idée de porter une bague aussi lourde un jour pareil !

— C'est absurde, vous avez raison, je le sens maintenant. Je vais l'enlever ainsi que ce lourd bracelet d'identité, et cette grosse montre en or que je trouve pesants aujourd'hui.

— Allez tonton ! clame mon neveu, tu nous as assez éblouis avec ta quincaillerie, ôte donc tout ça avant dîner.

Je ris, un peu honteux, et je vais dans la salle de bains. Aidé par le savon, j'arrive à extraire mon doigt violacé de cette trop large chevalière où mes initiales sont en relief. Je la dépose dans le baguier du lavabo, avec ma plaque d'identité, ma montre, et j'y joins mon fixe-cravate en or aussi, car j'ai décidé de faire comme ces jeunes gens qui ont été invités par Edith à ôter leur veste. Notre dîner sera « débraillé », cela ne me plaît guère, mais ne faut-il pas se conformer aux goûts de la jeunesse ?

Revenu dans la grande pièce, on m'acclame bruyamment, et le repas commence dans un brouhaha jeune, sympathique, un peu étourdissant.

Jasmine se distingue, en mangeant, par une exquise délicatesse, et je revois le premier repas pris ensemble dans la salle à manger de l'hôtel Alletti. Quelle avidité alors ! Quel sansgêne presque animal dans la façon de prendre la nourriture ! Aujourd'hui, si Edith a des airs de reine, Jasmine est une princesse dont chaque convive reçoit l'éclat.

Le vin rosé aidant, le doux Pierre-Louis paraît très nerveux. Comment peut-il penser que nous ne le voyons pas dévorer des yeux ma petite protégée, pendant que son assiette reste pleine ?

Les yeux d'Edith me sourient, elle prend grand plaisir à cette petite fête. L'entrain de cette jeunesse est communicatif, et je me sens aussi plein de gaieté, comme rajeuni, ce qui est une impression bien agréable.

Chris, discret quelques minutes, semble lui aussi faire la roue soudain pour Jasmine. Il fait grand état de ses relations artistiques, et surtout de ses amis « les grands photographes » fournissant en clichés les hebdos féminins à la mode. Il leur présentera Jasmine et sa camarade.

Ma jeune protégée rayonne, et ses yeux d'or ont l'éclat d'un diamant « jonquille ».

Chris en « rajoute » :

— Voulez-vous assister à une audition de jeunes « yé-yé » ? C'est parfois désopilant, à Paris plus qu'à New York. On entend des choses inimaginables, la mère d'un bébé de deux ans ne m'a-t-elle pas demandé si son rejeton pouvait enregistrer son gazouillis ?

On rit aux éclats de cette anecdote, peut-être vraie ?

— Et ceux qu'on est obligé de doucher avant de les entendre tant ils sont sales ! Pouvez-vous le croire ?

La pauvre et naïve Hermine est « époustouflée », un peu oubliée aussi. Je m'occupe d'elle avec gentillesse. Jean Tapy, à qui j'ai fait un clin d'œil, tout en tenant la main de sa fiancée, questionne la jeune fille sur ses projets, et elle lui parle bientôt de ses rêves, ravie d'avoir trouvé elle aussi un auditoire.

Au dessert, nous buvons du champagne, et

nous buvons successivement à mon prochain mariage, au succès de Jasmine, à celui de Chris. Il est presque neuf heures et il fait encore jour.

Ces jeunes gens un peu énervés parlent d'aller faire une ballade en voiture. Pierre-Louis a la sienne, Edith aussi, et Chris meurt d'envie de faire essayer sa M.G. à Jasmine. Aussitôt, je conseille la prudence, car le dîner fut copieux. Mais je parais un « rabat-joie de croûlant »... J'obtiens cependant que ces enfants attendent une heure pour faire un petit tour au Bois. Aussitôt, je suis acclamé.

Edith, à mon grand plaisir, préfère rester ici avec moi. Je voudrais essayer de lui parler de ma jeune protégée, lui demander de la prendre avec nous au moins quelque temps, dès notre mariage. Jasmine est trop jeune pour vivre seule. Mais je crains les réactions de ma fiancée, elle est jalouse de son indépendance, et aussi, surtout, de la tendresse que je prodigue à cette enfant. Si de notre mariage naissait un petit, ce qui me paraît peu probable, Edith en serait peut-être bien jalouse aussi. C'est une nature très exclusive.

Je refuse vigoureusement de servir des liqueurs à ces jeunes fous qui vont conduire... trop gaiement. On me chahute et je finis par leur permettre de partir.

J'espère que mon ami Jean leur servira de contrôle, il sera dans la voiture de Pierre-Louis avec Hermine et sa fiancée. Chris emmène Jasmine, c'est un excellent conducteur, aux prompts réflexes de jeune sportif.

Chacun, avant de partir, défile dans la salle de bains. Les robinets coulent sans arrêt dans des rires, nous rions avec Edith de cette turbulente fuite vers les arbres et le problématique clair de lune, heureux de nous retrouver seuls.

Après leur départ bruyant, nous écoutons le subit silence qui nous paraît exquis. J'enlace ma fiancée et nous nous embrassons tendrement; mais alors que je voudrais lui parler de Jasmine, elle insiste pour m'exposer ses idées de maison et de mobilier.

C'est décidé, nous achèterons ensemble cette villa du Pecq qui lui plaît tant. Je l'ai visitée, elle ne manque pas d'allure et nous la rendrons confortable, mais elle est chère, et je serai obligé de vendre mon appartement. Tant pis pour tous mes souvenirs ! Une vie nouvelle et charmante m'attend, je ne dois pas regarder derrière moi, mais il faudrait que Jasmine nous suive, et que nous puissions l'adopter.

Edith a mis sur l'électrophone cette symphonie de Brahms que j'adore. La musique nous enveloppe et nous élève. Nous sommes hors du temps, de ces murs... Il est absurde de douter que la vie soit belle ! Entre Edith et Jasmine, je me sentirai comblé. Au bout de dix minutes, ma future épouse rompt le charme :

— Alex chéri, nous dînons demain soir chez les Arthuro, et nous veillerons certainement très tard. Je dois me coucher tôt aujourd'hui, si je ne veux pas être affreuse demain.

— Ce sera comme vous voudrez, mais vous ne pourrez jamais être affreuse, mon amour.

— Que dites-vous ! Je le suis déjà après ce dîner un peu fou, s'exclame-t-elle après avoir jeté un coup d'œil sur la glace de son sac, et la voilà partie vers la salle de bains. Je trouvais Edith pourtant très jolie ce soir, ses traits un peu relâchés, un peu démaquillés, mais combien plus émouvants ! En cinq minutes, elle a retrouvé son visage parfait, un peu glacé de grande coquette. D'une façon ou d'une autre, elle est toujours désirable, et dans l'entrée encore une fois avant son départ, je lui prends longuement les lèvres.

Et me voilà seul. Il va être dix heures, Jasmine n'est pas rentrée, mes recommandations de revenir tôt n'auront pas été suivies.

Un peu las, vaguement inquiet, je décide de l'attendre tout de même, je ne pourrai dormir sans la savoir arrivée. Les conducteurs étaient vraiment très « gais », pourvu que Chris n'ait pas fait une imprudence ?

Dix heures et demie... Un souffle d'air balaie la cour et fait enfin frissonner les arbres dans la nuit. Il fait bon tout d'un coup, moi, l'insomniaque, je vais m'assoupir dans ce fauteuil... quand un pas allègre franchit les étages dans cette vieille maison où l'on entend tout. J'entends avec netteté le pas bondissant de Jasmine. Je cours à la porte et l'ouvre : voici l'adorable enfant, rieuse, secouant ses boucles, décoiffée :

— Oh ! Alex, nous avons fait une promenade formidable ! Après un tour au Bois, nous avons tous été à Saint-Germain-en-Laye. Le château était illuminé, c'était merveilleux. Chris est charmant. Mais j'ai une soif terrible et je voudrais un grand verre d'eau.

Je l'entraîne dans la cuisine encore toute encombrée de vaisselle, vers le frigidaire d'où je sors une bouteille d'eau minérale, je lui tends un verre... Elle boit à longs traits, avec une mine heureuse.

— Vous n'auriez pas dû m'attendre, puisque maintenant j'ai une clef, pourtant je suis contente de vous voir, de vous parler. Vous savez que cet ami de Chris aussi est charmant, je veux parler de Pierre-Louis le libraire, mais il est moins beau que lui.

— Il faut calmer cette excitation, mon petit, si tu veux dormir, viens dans mon bureau... Là, assieds-toi, écoute :

— Tu es une jeune fille maintenant, bien que tu aies conservé tes yeux d'enfant. Tu es jolie. Surtout dans le milieu où tu vas évoluer, les garçons te feront la cour. Il n'est pas défendu, à notre époque, le flirt d'une jeune fille, et tu sais déjà aussi bien ce que cela veut dire, mais méfie-toi, il y a une limite à ne pas dépasser. Je serais déçu si tu la franchissais, et j'aurais beaucoup de peine si tu risquais de payer une minute d'égarement de ta vie entière. J'ai confiance en toi, Jasmine, comprends-moi bien, mais c'est en « eux » que je n'ai pas confiance. Ils sont habiles, légers, imprudents... Chris est le vivant exemple de cette jeunesse moderne qui s'arroge tous les droits sans penser aux devoirs. Surtout, ne te laisse pas prendre au piège des beaux traits de mon neveu... Il n'a nullement envie de fonder un foyer...

— Vous croyez ?

Elle a dit cela très vite, d'un ton trop vif.

— J'en suis persuadé. Il a dans son métier, je te l'ai déjà expliqué, trop d'occasions de faire de faciles conquêtes. Chris ne pourra faire un bon mari avant pas mal d'années...

Son air déçu disparaît :

— Cela importe peu ! Je ne suis guère amoureuse de lui.

— Tant mieux ! ce serait trop tôt !

Jasmine se lève de son fauteuil, me met les bras autour du cou et m'embrasse très fort, puis elle se recule et me regarde :

— Ce n'est pas mon pauvre père qui m'aurait parlé ainsi. Je vous devrai tout.

— Ne sois pas sotte ! Mon ennuyeux sermon était nécessaire. Maintenant, va vite te coucher, il est tard.

— Bonsoir, cher Alex ! A demain !

Me voici dans ma chambre, et je commence à me déshabiller tandis que je fais couler mon bain. Je me retourne vers le lavabo pour y reprendre mes bijoux et remonter ma montre.

Et je suis stupéfié de ne rien retrouver dans le baguier de porcelaine.

Voyons !... Je les ai peut-être posés dans le tiroir d'une des tables de nuit sans m'en rendre compte ?

Il n'en est rien. Pourtant, je n'ai pas rêvé ! J'avais disposé en vrac bague, bracelet d'identité, montre et fixe-cravate dans cette coupe épaisse, tout ce que mon neveu appelait irrespectueusement ma « quincaillerie »... Eh bien ! il faut me rendre à l'évidence : tout a disparu. Leur valeur m'importe relativement peu, mais tous ces objets familiers étaient des cadeaux, de précieux souvenirs de quelques étapes de ma vie.

On peut penser d'abord à une blague, de mauvais goût, de la part d'un de ces jeunes gens un peu éméchés... Mais je n'y crois pas. Aussi incroyable que cela puisse paraître, mon intuition me dit que j'ai été volé...

XII

Après avoir passé une mauvaise nuit éner-
vante, je téléphone à Edith avant que Jasmine
ne se soit levée. Je lui fais part de la disparition des bijoux.

Ma fiancée, d'abord incrédule, me manifeste
son étonnement :

— Vous devez vous tromper, cherchez bien,
c'est impossible.

— Je suis, pour une fois, sûr de ma mémoire,
chérie. Tous ces objets se trouvaient dans la
salle de bains où chacun à tour de rôle a défilé.
Souvenez-vous de nos rires en entendant ces
gosses se disputer les robinets...

— Justement ! Comment l'un d'eux aurait-il
pu...

Edith s'arrête de parler quelques secondes,
puis :

— Jasmine est allée seule dans la pièce, et
la première. C'était, je crois, pour se recoiffer...

— Mais les autres l'y ont succédé. Quelle
différence cela fait-il ?

— Alex, vos bijoux valaient-ils beaucoup
d'argent ?

— Mais oui, ma plaque d'identité, que j'ai depuis la guerre de trente-neuf, pèse à elle seule soixante-dix grammes, ma lourde bague pèse quelques trente grammes, mon « Oméga » était sertie dans le bracelet en or massif que vous connaissez.

« Je sais bien que tout cela ne vaut que le quart du prix quand on le revend, mais cela fait tout de même une somme ! Le fixe-cravate que vous m'avez donné, chérie, était lui, encore neuf.

Au bout du fil, c'est le silence. Edith réfléchit. Puis :

— Voyons, votre neveu a déjà un solide compte en banque, et de toutes façons, il est insoupçonnable. Pierre-Louis a une situation que bien des gens mûrs pourraient lui envier. Notre ami Jean, n'en parlons pas, non plus que sa fiancée que je connais personnellement. J'ai remarqué qu'elle restait fort peu dans votre salle de bains.

— Vous jouez au détective ?

— ... Il reste Hermine. Mais Hermine semble se contenter fort bien de sa vie modeste, dit Edith comme pour elle-même, ses rêves ne sont pas démesurés, elle manque d'envergure... Mon pauvre ami, Jasmine, depuis son deuil, n'a jamais autant dépensé, et elle n'est pas encore appointée, ne l'oublions pas. Dernièrement, elle s'est acheté des robes, des sacs, des chaussures... A moins que vous n'ayez participé à ces achats ?

— Nullement.

— Alors son compte de caisse d'épargne doit être à sec. C'est une fille fascinée par le luxe, mais elle n'est encore qu'une enfant ! Ne se serait-elle pas laissée tenter dans une seconde d'égarement ?... Aussi invraisemblable que cela paraisse, après tout ce que vous avez fait pour elle !

Je n'entends plus ma fiancée, je sens une seconde mon esprit vaciller avant de me reprendre :

— Ce que vous dites est abominable ! Comment pouvez-vous soupçonner cette enfant si droite, si pure...

— Je me garde d'accuser personne, cher Alex, mais souvenez-vous que tous les rapatriés d'Algérie ne sont pas exclusivement des honnêtes gens, même s'ils sont malheureux. Vous avez accueilli cette jeune fille chez vous avec une naïveté, une candeur, qui ont fait jaser...

— Je m'en moque ! Assez, Edith ! Vous allez trop loin et vous avez tort. Je crains que nous ne nous entendions jamais au sujet de Jasmine. Je vous croyais plus psychologue.

— Oh ! moi, vous savez, je ne me targue guère de psychologie, me dit-elle, vexée, je n'ai que du bon sens.

— Ne parlons plus de ces maudits bijoux. Ne pouvant m'en passer, je m'achèterai une nouvelle montre.

— Laissez-moi vous l'offrir.

— Certainement pas, répliqué-je un peu sèchement.

J'ai eu tort ; au bout du fil, j'entends sa respiration oppressée, je lui ai fait de la peine, à elle qui m'aime et ne cherche qu'à m'aider.

Mais je connais un excellent moyen de me faire pardonner :

— Dites-moi quelle robe vous mettrez ce soir, pour aller chez les Arthuro ?

— La rose, celle que vous aimez.

— Alors, je vous fais envoyer une orchidée pour votre corsage.

— Non, je vous en prie...

— C'est dit. Au-revoir, Edith, je viendrai vous prendre à sept heures et demie. Je vous embrasse comme je vous aime, même quand vous divaguez.

Elle soupire, je l'entends nettement, mais j'entends aussi le baiser qu'elle m'envoie.

Ne plus penser à ces bijoux, ni à celui qui aurait pu les prendre, voilà l'important. C'est assez difficile. Edith semble vouer à Jasmine une inimitié qui me chagrine. Comment la désarmer ?

Voici ma petite protégée en peignoir bleu pâle, elle semble reposée, ses yeux me caressent quand elle me dit : « Bonjour ».

Je me décide, après un peu d'hésitation, à la mettre au courant de la disparition de ces souvenirs auxquels je tenais.

Elle reste d'abord interdite, puis :

— Mais c'est impossible ! Vous avez dû les ranger quelque part ?

— J'ai cherché partout.

— Serait-ce une vilaine farce des garçons ?

— Je sais bien que Chris m'a souvent plaisanté sur ce lourd bracelet d'identité qui n'est peut-être plus de mon âge...

— Mais si, voyons ! Cela se porte beaucoup depuis la guerre, même en Algérie. Mon père a longtemps porté un bracelet de ce genre, bien sûr, il n'était pas en or.

— Chris est taquin... Mais je ne crois guère qu'il puisse avoir si mauvais goût... dis-je en suivant ma pensée.

— Oh ! non, pas Chris ! Je suis vraiment

peinée pour vous, suffoquée aussi, c'est tellement insolite !

— Je ne te le fais pas dire.

— Téléphonez à votre neveu, il connaît son
ami Pierre-Louis mieux que nous, mais je ne
pense pas non plus que ce puisse être lui.

J'acquiesce, et tandis que Jasmine se laisse
tomber dans un fauteuil, je saisis l'appareil
téléphonique. C'est une voix ensommeillée qui
me répond :

— Tonton ? Alors, on ne peut plus dormir ?

— Il est dix heures passées.

— Pour moi, c'est l'aube.

— Excuse-moi de ne pas y avoir pensé.
Ecoute, je suis ennuyé, peiné aussi. Car les
bijoux que j'avais déposés hier dans la salle
de bains ont disparu.

— Tu as été cambriolé ?

— Mais non, personne n'est entré chez moi
à part vous hier soir.

— Sans blague, tu nous accuses ?

— Ne sois pas bête. Je te demande seulement
si tu as une idée. Ton ami Jean-Louis perd-il
conscience quand il a un peu bu ? Aime-t-il les
mauvaises farces ?

— Tu veux rire, tonton, ce ne serait pas
drôle, et question argent il est plus riche que
toi. Un conseil : cherche bien dans tes
armoires.

— C'est inutile, je suis certain de « les »
avoir déposés dans la salle de bains où vous
êtes tous entrés avant moi. Ne les avais-tu pas
remarqués dans le baguier ?

— En aucune façon ! Tu sais, ils y étaient
sans doute encore, mais tu nous as royalement
traités hier soir, et ton vin et ton champagne

m'avaient enlevé ma bonne vieille lucidité. Cherche bien partout, tonton, penser qu'il y avait un voleur parmi nous est une idée insensée... Et puis, sois gentil, laisse-moi dormir encore deux heures. Je te promets de penser à tout cela à tête reposée.

— Bon, rendors-toi. Bonsoir, Chris !

Jasmine hoche la tête tandis que je repose l'écouteur sur la fourche, elle n'a entendu que ma voix, mais elle a deviné tout le dialogue.

— Allons ! lui dis-je, nous n'allons pas nous torturer pour cette disparition. C'est agaçant sans être tragique.

— Avez-vous téléphoné à madame Sardet ?

— Certes ! Et elle pense comme toi, comme Chris. N'en parlons plus, tu veux ?

Jasmine reste pensive et tapote son index sur ses dents de perles :

— Cet après-midi, à quatre heures, Chris m'emmène assister à une audition à l'Olympia...

— Très bien. Souviens-toi de notre conversation d'hier soir. Maintenant, sois gentille, laisse-moi travailler.

Elle sort, légère, silencieuse, je suis tenté de dire qu'elle « disparaît ».

Le surlendemain, mon neveu pénètre dans mon bureau, où je bavarde avec Jasmine, il a l'air surexcité, une lettre dactylographiée de plusieurs feuillets à la main :

— Oh ! tonton ! C'est terrible ! Je reçois une lettre des Goldsmith, les frères Goldsmith, les rois du spectacle de l'Amérique du Nord.

— Et alors ? Assieds-toi après nous avoir dit bonjour...

— Oh ! Pardon !

Il prend la main que lui tend Jasmine, sans trop la regarder, et il s'asseoit près d'elle.

— ... Ces « Champions » me proposent de devenir leur directeur artistique pour New York, Washington, et peut-être Las Végas, c'est à débattre. Ils ont dans ces trois villes une cinquantaine de boîtes, music-halls, dancings, night-clubs, etc. Ils m'offrent un salaire de base de six cents dollars par mois plus un pourcentage à évaluer ! Vous vous rendez compte !

Son rire est celui d'un jeune loup :

— Torner va en faire une jaunisse ! Oh ! Pardon, Jasmine !

Elle secoue la tête avec un sourire contraint.

— Alors, vous allez vous expatrier ?

— Avec plaisir, car vous savez l'Amérique, c'est formidable. Remarquez que le contrat n'est que de six mois, renouvelable... Bien sûr, en réfléchissant, cela m'ennuie de partir si longtemps !

— Tu as peur de me manquer, lui dis-je goguenard.

— Mais oui, je te manquerai, tonton, et tu me manqueras aussi, bien sûr... Allez chiche ! Jasmine, je vous emmène ? En copain ?

— Jasmine n'a rien à faire en Amérique pour l'instant. Elle aussi a un engagement, ici.

Ai-je parlé trop vite ? Ma petite amie semble déçue. L'Amérique la tente, je le sais, mais ce séjour là-bas de ces deux jeunes gens la compromettrait, et serait équivoque. Chris est ardent, je ne pense pas qu'il ait tellement de scrupules. Je suis sans doute encore injuste et abusif, mais pendant que je réfléchissais, ces enfants ont échangé un regard complice. Et tout d'un coup, Jasmine baisse les yeux, elle dit :

— Ce ne serait guère raisonnable.

Chris lance :

— C'était bien sûr pour rire.

Je respire. Edith a raison. Quelle responsabilité serait la mienne, si ma jeune protégée gâchait sa vie, par naïveté, par imprudence !

— D'ailleurs, ajoute mon neveu, je ne suis pas sûr d'accepter. Il faut voir comment mon actuel patron, Torner, prendra la chose.

— Tu vois, tu parles toujours trop vite. Je vais vous préparer une boisson, il fait chaud !

Jasmine montre sa langue rose :

— De la citronnade, s'il vous plaît, Alex, avec beaucoup de sucre.

— Tonton, tu n'aurais pas un peu de whisky ?

— Non ! Mais tu as assez bu ces jours-ci, il me semble. Ménage ton foie si tu veux qu'il résiste aux breuvages américains.

Je vais à la cuisine, et j'entends presque aussitôt un air de musique. Ils ont tourné le bouton de la radio. J'aurais préféré entendre leur conversation. Mais ne suis-je pas encore un peu abusif ? Quand je reviens avec un plateau, Jasmine tient dans sa main une carte commerciale :

— Chris m'a donné l'adresse d'un de ses camarades qui fait des photos de mode pour *Marie-Laure*. Quelle chance de pouvoir ainsi arrondir mes mensualités de chez Heller !

Je pose le plateau aux verres givrés sur la table, et je prends la carte où je lis « Studio Narcisse » - Photos de mode et de presse - Antoine Giraud, 16, rue Notre-Dame-de-Lorette. Tél. Pig. 60-37.

— C'est tout près d'ici, je t'y conduirai, petite. Prends ton verre.

extravagante, mais expressive. Ce garçon a du talent. Cependant, il la fatigue, car il est très exigeant, très sévère. On le comprend puisque son temps est cher. Mais tout de même, Jasmine rentre de chez lui éreintée, les jambes lourdes, les traits fatigués, souvent décoiffée. Quand elle pose l'après-midi, après trois séries de présentations chez Heller, je la force dès son retour à s'allonger une heure avant le dîner sur le divan du bureau.

Elle a toujours un regard reconnaissant pour moi, puis elle ferme les yeux et quelquefois s'endort. Alors nous ne nous mettons à table qu'à neuf heures.

Quand je la regarde dormir, son joli corps abandonné parmi les coussins, je constate que la petite fée devient chaque jour un peu plus une femme. C'est un printemps qui s'épanouit. Comme elle est séduisante !

Pourvu que le cinéma ne la tente pas. C'est une profession périlleuse. Non, il vaudrait mieux qu'elle fasse un mariage bourgeois d'ici quelques années. C'est moi, l'ancien bohême, l'impénitent célibataire jusqu'à ce jour, qui le pense. La vie m'a appris la sagesse.

Pour moi, pas de vacances cette saison ! D'ailleurs, Edith préfère toujours passer seule son annuelle saison à Aix-les-Bains où elle suit un traitement sévère pour un rhumatisme. Au fond, cette année, j'en suis presque ravi, car Jasmine aura peut-être besoin de moi.

Ce soir-là, elle me raconte qu'il y avait parmi la clientèle, chez Heller, plusieurs vedettes hollywoodiennes. Son trac l'empêchait presque de marcher, mais celles-ci ont applaudi les modèles qu'elle portait, et aussi le mannequin sans doute ?

Jasmine est étonnée et me rapporte quelques propos de « cabines ». Ces demoiselles ont souvent une vie privée un peu agitée. Je souhaite que ma chère enfant ne les imite pas. J'y veillerai. La sonnerie du téléphone interrompt son babillage :

— Ce doit être pour moi, dit-elle. Antoine devait me faire savoir s'il a besoin de son modèle demain.

Je prends l'écouteur :

— Allô ! Jasmine ?

— Je vous la passe.

L'écouteur est sensible aujourd'hui, j'entends le dialogue :

— Mon petit, il faudrait que vous veniez pour deux heures environ, avec une coiffure du soir. Est-ce possible ?

— Naturellement, en sortant de chez Heller, quel jour voulez-vous ? Demain, je sortirai vers cinq heures, et j'aurai une coiffure de soirée.

— Alors, venez aussitôt. Je ne vous retiendrai guère au-delà de sept heures.

— O.K. Comptez sur moi.

— Oh ! Zut ! dit-elle en raccrochant. Vous savez que demain je dois dîner au Bois avec Chris et toute une bande. Votre neveu devait venir me chercher à six heures et demie. Comment faire ? Il m'est impossible de le prévenir, il ne doit rentrer de Cannes que demain après-midi.

— Ne sois pas inquiète et ne rate pas ce rendez-vous pour lui. Quand il viendra te chercher, je l'enverrai chez monsieur Giraud, c'est tout simple, voyons !

— Chic alors ! Pour ces deux heures, je vais

gagner le tarif entier de l'après-midi, c'est un usage.

— Que fais-tu de tout cet argent, petite ?

— Oh ! Vous savez, mon trousseau n'est pas complet. Mais rassurez-vous, j'en épargne un peu, et dès la fin du mois, je serai en mesure de vous payer mon arriéré de pension.

— Il n'y a guère d'arriéré, enfant ! Tu ne paieras le prix de ta pension que nous avons fixé ensemble, pour te faire plaisir, qu'au premier du mois prochain. Après ton premier salaire.

Son sourire devient malicieux :

— Bon ! Je m'arrangerai autrement pour mettre en paix ma conscience, en toute honnêteté !

Elle va encore m'acheter des cravates qu'elle choisira mal comme la plupart des femmes, mais l'intention sera charmante.

Le lendemain, à six heures trente, Chris, très élégant, fleurant bon une eau de Cologne coûteuse, vient chercher Jasmine. Je lui explique où elle est, et je voudrais encore lui faire quelques recommandations à son sujet. Peine perdue ! Il refait devant la glace sa coiffure qui n'en avait nul besoin sans trop m'écouter, puis il repart comme un éclair en me disant :

— Sois tranquille, tonton.

Je suis installé à mon bureau depuis un quart d'heure, et j'attends une inspiration découragée comme d'habitude, c'est-à-dire que je rêve sans joie, tout à fait honteux de ma paresse. La sonnerie crispante du téléphone ne m'a donc pas réveillé ? En décrochant, je crois vivre un cauchemar... C'est la voix affolée, tragique, de Jasmine, appelant « au secours !... »

— Au secours, Alex !

Je regarde sottement l'écouteur que j'ai pris :

— Antoine et Chris se battent, il y a du sang, venez vite les séparer, j'ai peur !

Ce n'est pas un cauchemar et je ne dors pas. Il s'agit d'une réalité. Que se passe-t-il ? Je crie à mon tour :

— Mon petit, ne t'affole pas, j'arrive. Rappelle-moi le numéro de l'immeuble de monsieur Giraud... Le seize ? Bien, à tout de suite !

Je dévale mes escaliers. La station de taxis est à la porte. Par chance, il y en a trois.

Je lance au premier chauffeur :

— Gros pourboire pour vous, si nous arrivons au seize rue Notre-Dame-de-Lorette dans cinq minutes.

— Entendu, patron !

Je me répète, encore angoissé :

— Que se passe-t-il ? Pourquoi cette bagarre ? Cet Antoine, malgré les affirmations de Chris, serait-il un voyou ? Mon neveu est certes irritable, mais non sans motif.

J'ai tellement chaud que je dénoue ma cravate et j'ouvre le col de ma chemise. Nous voici arrivés devant le seize. Montre au poignet, nous avons mis six minutes malgré les feux rouges.

Je trouve la plaque extérieure de l'immeuble, c'est bien là : Antoine Giraud, studio photographique, deuxième étage.

Presque aussitôt, de la maison sort un garçon les joues en sang, ses cheveux semblent dressés sur sa tête, il se précipite sur le taxi qui allait repartir ; sans me jeter un regard, il donne une adresse et s'éponge le front pendant que la voiture démarre. J'ai remarqué son pantalon sali, froissé, son visage dur à l'inquiétante expression. C'est sûrement Antoine Giraud. Qu'est-il arrivé à ces enfants ?

Je grimpe les deux étages et manque de glisser sur un escalier trop ciré.

Une porte auprès de laquelle se trouve en réduction la plaque de l'immeuble est ouverte : j'entends des sanglots étouffés. C'est Jasmine qui pleure.

En entrant dans la pièce en désordre où trois puissants projecteurs éclairent deux chaises renversées et des morceaux de verre, j'aperçois enfin ma petite, livide, agenouillée près de Chris allongé sur le sol, les poings encore fermés. Il semble dormir, immobile ; pourtant, ses yeux ne sont pas clos, mais tuméfiés. Il respire fortement et murmure un mot grossier.

— Ça va, Chris ? Tu ne peux pas te lever ? Veux-tu que je t'aide à gagner le divan ? C'est sûrement le photographe que j'ai rencontré, il a pris la fuite après t'avoir assommé, c'est du joli ! Chris se relève sur un coude :

— Je l'ai bien arrangé, l'animal ! La sale bête !

Et il sourit en regardant Jasmine encore à genoux, qui lui sourit à son tour, les yeux pleins de larmes.

— La petite a eu peur, elle n'aurait pas dû vous appeler.

— Je crois bien... Mais elle a eu raison. Viens ! Vous avez tous les deux besoin d'un verre d'eau. Montre-moi la cuisine.

— Il n'y en a pas, le lavabo est à côté.

D'un geste machinal, elle prend son sac et

se dirige vaillamment vers la cuvette de porcelaine, se regarde à peine dans la glace, rince le verre qui se trouve sur une tablette, le remplit et va le tendre à Chris qui boit goulûment, les yeux fermés, sans dire merci.

Elle retourne au lavabo, boit un peu, se lave les mains, puis disparaît derrière le paravent séparant la pièce en deux, je l'entends qui ôte sa robe du soir déchirée pour remettre ses propres vêtements.

Comme mes jambes se dérobent un peu, j'attire un fauteuil léger, et m'y laisse tomber pendant que mon neveu se relève sans aide, le sang coulant de son nez tache sa chemise blanche, il a machinalement pris entre les deux chaises sa veste chiffonnée et tachée. Il a une bosse au front.

— Va te rafraîchir, Chris, tu me raconteras après.

Jasmine réapparaît :

— Il y a encore une serviette propre, dit-elle.

Elle me regarde enfin dans sa tenue redevenue décente :

— Merci d'être venu.

Puis elle reste muette, son joli visage triangulaire sérieux et pensif. Derrière nous, l'eau coule à flots, mon cher neveu s'ébroue. J'attends qu'il ait fini, et tandis que Jasmine relève une chaise pour s'asseoir, je regarde autour de moi dans l'atelier.

Les murs sont tapissés d'un grand nombre de photos de toutes sortes, il y a beaucoup de jolies jeunes femmes aux dédicaces imprécises. A terre, le tapis rouge où le sang se voit tout de même, est à demi rabattu. Il y a sur le sol des livres, des bouts de bois, un vase brisé.

La bagarre fut sérieuse. Antoine avait l'air costaud, Chris est lui aussi un sportif.

En revenant vers nous, il a retrouvé son pas souple et ses yeux brillants largement cernés de mauve. Il retrouve aussi une certaine excitation :

— Vous avez vu l'Antoine, il est bien amoché, hein ?

— Pas plus que toi, il me semble. Ecoute, si Jasmine est prête, partons d'ici. Il pourrait revenir, dis-je, craintif à la perspective d'un nouveau pugilat peut-être plus grave. Venez chez moi, vous y finirez de vous remettre en état. Filons.

Jasmine acquiesce, son visage est encore pâle, ses yeux sont rougis.

Nous descendons ensemble tous les trois les escaliers :

— Allez-vous enfin m'expliquer ce qui s'est passé ?

— C'est une histoire de jeunes, dit Chris.

— Et alors ? Tu crois que je ne l'ai jamais été ?

— A ton époque, ce n'était pas la même chose.

Toutes les jeunes générations croient avoir inventé une époque. Elles comprennent en vieillissant que celle qui suivra sera pareille... Depuis la nuit des temps, des jeunes gens se sont battus pour une jeune femme, car il est bien évident, c'est ce qui s'est passé.

— Bon, dit soudain Chris, on va tout te dire...

Nous nous dirigeons vers sa voiture, à cent mètres de là :

— Quand je suis arrivé, il y a vingt minutes,

le doigt sur la sonnette, j'entendais la voix de Jasmine indignée qui criait très fort : « Je vous en prie, laissez-moi, laissez-moi tranquille ou j'appelle ».

« Alors, devinant ce qui se passait, j'ai frappé la porte de mon poing, et après un court silence, le pène s'est ouvert.

« Antoine, les yeux fous et la tête basse, était venu voir qui frappait. Je l'ai repoussé pour entrer.

« Jasmine pleurait derrière le paravent. J'ai compris que ce saligaud avait cherché à l'embrasser, lui qui m'avait affirmé devoir la respecter... Alors, j'ai vu rouge et j'ai frappé... Sur lui, cette fois !

« Les cris de Jasmine ne m'arrêtaient pas, au contraire. Ah ! s'il n'avait pas ricané quand je l'ai traité de goujat ! Voilà, c'est tout. Si je n'étais pas arrivé, que se serait-il passé ? Je l'ignore, mais elle était en danger.

Nous nous tassons tant bien que mal dans la petite voiture rouge à deux places. Heureusement nous n'allons pas loin. Jasmine s'est inconfortablement assise sur mes genoux. Elle tremble encore.

— Vous auriez pu vous expliquer sans vous battre, dis-je à mon neveu. Tu aurais pu lui faire honte de sa conduite sans le frapper.

Je ne vois pas le visage de la jeune fille, mais lui m'éclate de rire au nez avec une affectueuse insolence :

— Tu vois bien que tu n'y comprends rien, tonton, c'est une histoire de jeunes, je te dis. Suis-je donc si âgé ?

— De mon temps aussi, les voyous réglaient ces questions de la sorte. Mais un jeune homme distingué...

— Tonton, tonton chéri ! s'exclame-t-il, tu sais bien que je ne suis pas distingué... D'ailleurs, tu dois penser que tous les jeunes hommes d'aujourd'hui sont des voyous !

— C'est faux ! Et je n'ai jamais pensé cela de toi.

En moi-même, je songe à l'excuser. Il a fallu que ce M. Giraud fût particulièrement odieux ! S'attaquer à l'innocence d'une jeune fille de dix-sept ans ! Mon neveu n'est pas une brute. Et Jasmine, si pure, est incapable d'une coquetterie, d'un geste pouvant être pris pour un encouragement.

— C'est un triste bonhomme, dis-je en conclusion, mais une autre fois, garde ton sang-froid. D'ailleurs, il n'y aura pas d'autre fois. Jasmine n'a nul besoin de poser pour la presse.

— Je la lui avais présentée en « copain », fulmine mon neveu. « Mademoiselle Ortégar me sera sacrée », m'avait-il dit. Quel toupet ! Je ne sais à quel vertige il a obéi.

Chris ne conduit que d'une main, de l'autre il prend celle de Jasmine, la baise affectueusement :

— Pardon, petite amie ! Si j'avais pu me douter !

Elle retire sa main d'un geste gracieux, se tourne vers lui et sourit sans rien dire, d'un œil encore humide.

— Ne dramatisons rien. Vous allez monter chez moi vous débarbouiller pour de bon, et je vous offrirai un porto. Angélique n'est pas là. L'affaire est close, mais je vous avoue qu'à l'appel de Jasmine, j'ai eu la plus grande peur de ma vie. Au cours d'une bagarre, un accident est si vite arrivé !

— Tu as raison, tonton, me dit gravement mon neveu, tandis que nous pénétrons dans l'appartement.

Jasmine court à la salle de bains.

— Viens dans ma chambre, Chris, et brosse tes vêtements.

Ce qu'il fait en une minute.

— C'est fini ! Tu peux venir, crie Jasmine qui entre à son tour dans la chambre, fraîche et rose.

Mon neveu a vers moi un regard vif, et je suis un peu éberlué : Jasmine le tutoie...

Il explique, à peine confus :

— On a décidé de se tutoyer elle et moi, mais on n'osait pas le faire devant toi, cela lui a échappé...

Elle a soudain un sourire un peu gêné :

— Nous avions peur que vous n'approuviez guère cette familiarité entre nous... Vous savez, en Algérie, tous les garçons et toutes les filles se tutoient quand ils sont du même âge... Enfin presque tous...

— Ici, c'est la même chose, tonton.

— Bon ! Bon ! Tutoyez-vous si c'est l'usage. Pourquoi pensiez-vous que je pourrais m'en offusquer ? Suis-je si vieux jeu ?

— Tu n'es vieux en rien, tonton. Puis-je prendre une douche ?

— Prends, tu trouveras des serviettes dans la commode, et aussi une chemise, puisque nous avons la même encolure.

— Alors, dit Jasmine, nous y allons ?

— A l'Orée du Bois ? Bien sûr, tonton me prêtera aussi des lunettes noires.

— Alors, je cours changer de robe. Nous serons en retard.

Elle grimpe, légère, vers sa chambre, après m'avoir lancé un regard joyeux de petite fille.

J'entends Chris siffloter sous la cascade d'une eau glacée... Ces jeunes sont en acier.

Et tout à coup, une idée s'impose à mon esprit enfin plus clair : quand un garçon se bat de la sorte pour une fille, cela signifie quelque chose. Notre jeune imprésario aux multiples, aux faciles amourettes, ce jeune « playboy » n'est-il pas aujourd'hui, à son tour, sincèrement amoureux ?

XIV

Le lendemain matin, j'interpelle Jasmine avant qu'elle ne parte pour sa maison de couture.

— Alors, cette soirée ?

— Merveilleuse, Alex ! Avec des instants comiques. Pour motiver le port de vos lunettes fumées, Chris prétexta s'être cogné à son pare-brise dans un violent choc de sa voiture...

— Il a eu raison, il ne faut pas ébruiter cet incident si regrettable...

— Visiblement, personne n'y a cru. On pensait qu'il s'était fait boxer par l'un de ses poulains, et Chris était furieux de cette supposition.

Quelles facultés de prompt oubli ont ces jeunes gens ! Une soirée amusante a suffi...

— Oh ! à propos ! Pierre-Louis veut vous voir. Il a pris un air mystérieux pour me dire cela, et... Je me perds en conjectures. A tout hasard, il sonnera à votre porte aujourd'hui après déjeuner, vers quatorze heures trente. Si vous ne pouvez le recevoir, il prendra un rendez-vous pour un autre jour.

— Que me veut-il ?

— Oh ! ça ! dit-elle en secouant ses jolis cheveux brillants de jeunesse... Je ne sais pas du tout, ça vous regarde tous les deux.

— Je le recevrai.

— A ce soir ! cher Alex !

— Ecoute un peu. Revenons à Chris. Tu sors souvent avec lui, tu vas à la piscine ou ailleurs, je sais que la plupart du temps vous déjeunez ensemble... Dis-moi la vérité, Jasmine : tout cela n'est-il que camaraderie, ou es-tu... amoureuse de lui ?

Elle a un rire clair, et ses yeux sont ironiques :

— Aimer Chris ? Il faudrait être folle, je pense ! Trop de jolies filles rôdent autour de ses épaules et de son argent. C'est avec une sorte de délectation qu'il joue les « Don Juan ».

— Ne te compromets-tu pas en sortant presque chaque jour avec lui ?

— Personne ne le sait, et c'est un camarade charmant !

— Tu crois que personne...

— Mais oui ! La preuve, avant-hier, Pierre-Louis passait avenue Montaigne, et il est venu m'inviter à déjeuner...

— Lui aussi !...

— Eh bien ! quand il a vu la voiture de votre neveu, il a été étonné, mais il n'a pas battu en retraite... Nous avons déjeuné tous les trois aux Champs-Elysées et ils se sont longuement disputés pour l'addition. C'était d'un drôle !

Quand je me disais qu'elle est devenue une femme !

— Non, voyez-vous, Chris...

— 185 —

— Chris ?

— C'est mon chevalier servant !

Là-dessus, elle pirouette et me laisse pensif

Je l'entends descendre quatre à quatre le
marches de l'escalier, car il est neuf heures e
la maison Heller ne badine pas avec l'exac
titude.

A midi, je déjeune seul sur la petite tabl
ronde près de la fenêtre. J'ai mis en marche la
radio pour ne pas entendre les bruits désagréa
bles de la cuisine. Car Angélique, un peu brus
que, n'est pas silencieuse ni légère.

Il va être deux heures et demie, et je n
pense plus à la prochaine visite de Pierre
Louis quand un coup de sonnette discret m
la rappelle opportunément.

Angélique introduit bientôt le jeune homm
intimidé, presque rougissant.

Il a pourtant bonne mine avec son stric
complet croisé bleu marine, ses cheveux noir
sont soigneusement peignés. Les jeunes acco
dent à leurs cheveux une importance déme
surée.

— Asseyez-vous, cher monsieur.

— Je ne vous dérange pas ? Sinon, je pour
rais revenir...

Il n'y tient pas. Il veut au contraire « s
jeter à l'eau ». On le sent.

— Monsieur Marodon, avez-vous retrouv
vos bijoux ?

— Nullement, jeune homme.

Est-ce pour cela qu'il est venu ?

— Ce fut à la fois invraisemblable et fâ
cheux. Je l'ai dit à Chris quand il m'a mis a
courant de cette surprenante disparition
gênante pour tout le monde...

Il a un sourire voulant être malicieux, et qui est contraint :

— Un jour, en ouvrant un tiroir...

Je hausse les épaules : mes meubles déjà ouillés ne sont pas si nombreux, et j'aime 'ordre... Mais il n'est pas venu pour me donner cet espoir ?

Il s'éponge le front d'un mouchoir immaculé, un front qui n'en a nul besoin, les fenêtres aujourd'hui sont ouvertes sur un air très léger.

— Comment vont vos affaires en librairie ?

— Assez bien, monsieur, je vous remercie. Mon père avait une clientèle ancienne, elle reste fidèle et je n'ai guère de mal avec des vendeuses expertes.

— Ce doit être agréable d'avoir une situation ainsi léguée, sans heurt. A vingt-trois ans, vous dirigez une affaire passionnante, enrichissante. Appréciez-vous votre chance ?

— Oui, monsieur, soyez-en persuadé.

Il décroise ses jambes sur la chaise, qu'il venait à peine de croiser.

— C'est une chance... Comment dirais-je ?... Que je voudrais faire partager.

— Vous cherchez un associé ?

— Oh ! Non, monsieur. Ce serait plutôt... ne associée... Enfin, c'est une façon de parler. Ma femme ne travaillera pas.

— Vous voulez vous marier ?

— Je... J'aime une jeune fille...

Allons bon ! c'est un nouveau client pour mon courrier du cœur !

— Ecoutez, si c'est un cas embarrassant que vous n'osez dire, écrivez-moi à *Paris-France*, 'essaierai de vous aider, avec discrétion.

Il se lève vivement et me lance :

— J'aime mademoiselle Ortégar, monsieur.

Et se rassied comme accablé par un grand effort.

— Vous aimez Jasmine ?

Comment n'y ai-je pas pensé ? Peut-on, l'approchant, résister à sa séduction ?

— Oui, monsieur, je l'aime, et comme en quelque sorte vous êtes son tuteur...

— Pas encore légalement, jeune homme.

— ... Elle n'a pas de famille, c'est à vous que je m'adresse. Voulez-vous lui transmettre ma demande ?

Il ajoute avec chaleur :

— Je sais combien elle fut malheureuse, j'aurai à cœur de réparer pour elle les injustices du destin...

Ce garçon a certaines lectures...

— J'essaierai d'embellir sa vie, et de la chérir comme personne. Vous savez, la librairie rapporte actuellement plus de dix millions par an... Je suis un garçon très sérieux...

Comment en douter ? Mais je suis surpris, ému :

— Jasmine n'a que dix-sept ans. Pense-t-elle au mariage ? Je ne le crois pas, elle veut surtout pour l'instant se faire une situation. Vous même êtes bien jeune...

— Je suis un homme. Vous ne croyez pas que ma demande pourrait l'intéresser ?

— Bien sûr ! L'émouvoir aussi, Jasmine est sensible et je sais qu'elle vous trouve charmant. Mais vous aime-t-elle ?

— Mademoiselle Ortégar est si douce avec moi. Son regard paraît tendre quand elle me parle. Sans doute faudrait-il l'interroger ?

— Je vous promets de le faire, jeune homme.

Il ne sait guère, le pauvre, que Jasmine exhale son charme, comme un fleur son parfum, en toute innocence !

Cette fonction indépendante de son vouloir tendra des pièges à ceux qui l'aimeront que je prévois nombreux...

Pierre-Louis prend congé, il a l'air soulagé, son espoir intact.

J'interrogerai ce soir ma petite protégée, et je téléphonerai demain à son soupirant.

Edith est venue me prendre pour visiter une dernière fois notre future villa du Pecq. Assis près d'elle dans sa jolie voiture bleue, je lui parle, tandis qu'elle conduit, de la visite du jeune Pierre-Louis et de sa demande.

Ma fiancée semble enchantée :

— J'espère que mademoiselle Ortégar sera raisonnable ? C'est pour elle un mariage inespéré ! Ce jeune homme est parfait, riche, intelligent, de bonne famille, séduisant. J'espère que vous saurez influencer cette enfant dans le bon sens. Une occasion pareille ne se représentera sans doute pas de sitôt !

— Vous savez, Jasmine n'a que dix-sept ans. Je ne veux pas l'influencer, ce serait trop grave si nous nous trompions. Je trouve moi aussi que ce garçon est un excellent parti, mais à son âge, il est lamentable de faire un mariage sans amour. L'aime-t-elle ? Je ne le crois guère. On n'écoute pas la raison à dix-sept ans, et c'est heureux.

— Vous seriez pourtant plus tranquille de la savoir mariée.

— Peut-être, mais ce n'est pas mon bonheur qui est en jeu.

Edith soupire, et je lui dis mon intention de parler à Jasmine dès ce soir.

Nous voici arrivés, nous visitons pour la troisième fois la spacieuse villa choisie par ma fiancée, et décidons aussitôt de faire abattre la cloison qui sépare le living-room d'une petite pièce sans intérêt. La salle sera plus vaste...

Jusqu'à cinq heures, nous discutons de notre installation. L'agent immobilier qui nous vend la maison consent à certains arrangements, et surtout à s'occuper de vendre mon appartement de la rue Lafayette.

En sortant du bureau où nous avons donné quelques signatures, Edith, dans le couloir, me met les bras autour du cou et m'embrasse sur le front, sur le nez, puis sur les lèvres...

Notre mariage est toujours décidé pour le quinze octobre. Edith sera ma femme malgré sa fortune, alors que je n'en ai point, malgré nos goûts parfois différents, mais elle est si jolie, si caressante...

Il me semble que je pourrais être parfaitement heureux si une question ne m'angoissait. Nous emménagerons le treize octobre au Pecq, mon appartement sera vendu alors. Où pourrait aller Jasmine si Edith ne consent pas à partager avec elle notre nouveau foyer ? Le courage me manque stupidement d'aborder cette question. Ma fiancée ne pense pas à ma petite protégée, et mon cœur se serre.

Evidemment, si elle se mariait, le problème serait résolu...

A sept heures ce soir, mon joli petit mannequin, à qui j'ai fait faire une clef de ma porte, fouraille dans la serrure, et je me compose un visage indifférent pour ne pas l'influencer.

— Bonsoir, mon petit !

— Bonsoir, Alex, je suis vannée. J'ai passé la collection sept fois.

Elle tire sur sa robe, dont le jupon dépasse un peu.

— Il n'y avait pas un Français dans le salon. Oh ! cette cacophonie de langues ! Vous savez que j'ai décidé d'apprendre au moins l'anglais.

Nous entrons dans le bureau.

— Ce sera une bonne chose... Etends-toi un instant sur le divan pour m'écouter.

Elle a posé son sac et enlève ses chaussures avec une grimace avant de s'appuyer, un peu surprise par mon accent un peu solennel, aux coussins de satin jaune qui font ressortir la matité de son teint. C'est vraiment extraordinaire, la peau de Jasmine ne semble pas avoir de pores, tant elle est unie.

Je m'assieds loin d'elle sur mon fauteuil :

— Aimes-tu Pierre-Louis ?

— Mais bien sûr ! Il est bon, sensible, et si galant !

Je feins de me méprendre sur le sens de ces appréciations :

— Alors tant mieux ! Car il voudrait t'épouser.

Elle se soulève d'un bond souple de jeune chatte.

— Epouser Pierre-Louis ? Mais je ne l'aime pas...

Et voilà la logique des jeunes filles, pensai-je en souriant : je l'aime... je ne l'aime pas...

— Je m'explique, dit-elle posément. Me voici

flattée et peinée à la fois de son amour, car je l'aime seulement comme un camarade.

— Comme Chris, alors ?

Elle hoche la tête :

— Mais on n'épouse pas un camarade, n'est-ce pas ?

— Certes !

Tout à coup, elle semble mélancolique. Ses yeux brillent trop pour que des larmes n'y soient pas retenues :

— Pauvre Pierre-Louis ! Je vais perdre un bon ami... Il m'a fait demander vraiment d'être sa femme ?

— Voyons, mon petit, on ne plaisante guère avec ces choses.

Alors elle crie d'une voix un peu aiguë :

— Comme c'est drôle ! C'est ma première demande en mariage !

Puis sans transition, elle se lève, saisit ses cheveux d'une main, et l'autre sur la hanche, esquisse un pas de danse mauresque avec des « you-you » stridents.

Angélique accourt. Alors Jasmine lui lance :

— Chère madame Angélique ! Je ne suis pas folle, je suis seulement gaie ! On vient de me demander en mariage ! On vient de demander ma main à monsieur Marodon...

La brave servante ouvre des yeux ronds :

— Vous allez déjà vous marier, mademoiselle ?

Ma sauvageonne éclate de rire :

— Non ! Sûrement pas avec celui-là...

Et puis, encore une fois, sans transition, elle éclate en sanglots véhéments.

Angélique la regarde apitoyée, sort, en hochant la tête.

Je prends la main de Jasmine écroulée sur le divan :

— Voyons, pourquoi te mettre en cet état ? Je saurai expliquer à Pierre-Louis que tu ne penses pas encore à fonder un foyer. Il comprendra sans avoir trop de chagrin, peu à peu son espoir et son amour s'émousseront. Tu n'as aucune responsabilité en cette affaire.

Elle essuie ses yeux d'un mouchoir déjà froissé par des mains nerveuses.

— En dépit de tout, Alex, n'est-ce pas que la vie est merveilleuse ?

En dépit de quoi ? Que veut-elle dire ? Hésitant, je l'approuve :

— Oui, Jasmine, merveilleuse... Mais avec autant de mystère que toi !

Les jours ont passé. Pierre-Louis a accepté sa défaite avec humilité, et il a même obtenu d'être pour ma protégée un aussi bon camarade qu'avant sa demande en mariage. Ce garçon lui inspire toujours beaucoup de sympathie, sans coquetterie aucune. Nous voici au début d'août. Edith part pour Aix-les-Bains faire sa cure sans moi qui reste et passe mes journées à faire visiter mon appartement en vente, et cela m'agace un peu, car je suis souvent seul à la maison. Jasmine sort avec Hermine, avec Suzy, une nouvelle camarade travaillant comme elle chez Heller. Jasmine sort aussi avec Chris, bien sûr, accompagné de Pierre-Louis, et d'autres camarades, mon neveu n'étant pas chiche de présentations. Je n'ai plus guère confiance en ses amis, et je l'ai prié de surveiller ces sorties en bandes.

Moi, je supporte de moins en moins la solitude. Enfin, j'aurai bientôt un vrai foyer avec ma femme, c'est à peine si je peux y croire.

Le Paris provincial du mois d'août ne me déplaît pas. Les rues sont plus commodes, les quais moins encombrés, et comme la Seine est belle dans la lumière tamisée du crépuscule de l'été.

Ce soir, Jasmine m'a demandé, pour me faire plaisir autant qu'à elle, de l'emmener au cinéma. Chris ne viendra pas avec nous. Il fait en ce moment des voyages éclairs pour ses attractions, à Deauville, à Cannes, à Biarritz...

Il n'a pas encore accepté la proposition américaine, ayant fait à ces businessmen des contre-propositions assez démesurées qu'on acceptera sans doute, car il a de la chance, et toutes les audaces. C'est un jeune loup téméraire, et si j'avais eu à son âge ce sens des affaires, ma fortune aujourd'hui serait rondelette.

Nous choisissons avec Jasmine un cinéma populaire de la rive gauche où l'on donne un film japonais.

Depuis des semaines, ma chère enfant a des regards et des sourires secrets, une vie intérieure que je soupçonne intense. Elle a des accès de gaieté, puis de mélancolie imprévisibles et inexplicables. Elle a « dépassé » son adolescence...

Les sièges sont durs en ce cinéma de quartier. Mais l'insolite beauté du film nous éclabousse aussitôt. C'est *Hara Kiri*, d'une cruauté presque insoutenable, mais d'une pureté, d'une noblesse absolues. Jasmine retient son souffle. Elle est au fond bien trop équilibrée pour être démoralisée par la sublimité de cette tragédie dont la rigueur nous exalte.

Derrière nous, un groupe de jeunes garçons semble préférer au film la beauté de Jasmine. Ils ont les yeux rivés sur sa nuque, et j'entends malgré moi des hommages grossiers qui me laissent furieux et gêné.

Le plus grand a même l'insolence de lui souffler dans le cou, et dit à voix haute :

— Elle est bien construite, cette môme, et je pourrais lui faire un doigt de cour, si elle n'était pas accompagnée de ce vieux «schnock».

Le mot me soufflette un peu, j'ai encore quelques illusions... Jasmine aussi a entendu, et délaissant l'écran, elle m'a pris la main avec affection, ses yeux brillants dans l'obscurité semblent me dire :

« C'est faux, vous savez ! Vous n'êtes pas du tout un vieux « schnock ». Je vous trouve bien plus séduisant que ces voyous crasseux. »

Elle se retourne enfin, et avant que nous ne changions de place, les toise avec un dédain si expressif qu'ils en restent d'abord bouche bée, le plus audacieux exprimant sa stupéfaction par un vague murmure.

Jasmine a aussi la bravoure... Comme je l'aime !

XV

Le lendemain matin, je me lève tard, et c'est en robe de chambre que me trouve la chère enfant quand elle part à neuf heures, et me dit au-revoir.

Nous échangeons quelques mots sur le film de la veille, et la stridence du téléphone nous interrompt :

— Parlez, Biarritz ! dit une réceptionniste avec un accent que je connais bien.

Une voix détimbrée me demande :

— C'est vous, monsieur Marodon ? Je vous téléphone de la clinique Larue, de Biarritz. Il nous est arrivé un accident de voiture à Chris et à moi...

— Mais qui êtes-vous ?

— C'est Pierre-Louis ! monsieur, je suis indemne, Chris qui conduisait, hélas ! est grièvement blessé. Je vous téléphone pour que vous vouliez bien prévenir ses parents dont j'ignore l'adresse. Il est dans le coma, je suis désespéré.

Moi aussi, je suis atterré, et cela doit se voir, sans que je l'y ai invitée, Jasmine prend le second récepteur en murmurant :

— Mon Dieu ! Qu'est-il arrivé ?

Tandis que je demande :

— Vous avez bien dit « clinique Larue », seize, avenue de la Négresse à Biarritz ? Je ferai le nécessaire, merci de m'avoir prévenu. Mais... Pierre-Louis, savez-vous ce que pense le médecin du cas de Chris ?

— Il ne peut se prononcer, votre neveu a traversé le pare-brise avec sa tête, et vous savez ces blessures-là...

— C'est vraiment affreux ! Encore merci, Pierre-Louis.

Je ne trouve rien d'autre à lui dire.

Jasmine est-elle sortie ? Je ne la vois plus. Mais non, elle a glissé sans que je m'en aperçoive tant j'étais crispé au téléphone, sur le grand tapis où elle gît, livide, sans dire un mot, les bras en croix.

Je cours vers la salle de bains et reviens l'asperger d'eau de Cologne.

Je tape légèrement ses joues lisses où des larmes abondantes coulent bientôt, tandis que ses yeux s'ouvrent enfin...

— Ma pauvre enfant !

— Pauvre Chris, plutôt ! C'est terrible ! Il était... Il était...

— Je t'en prie, n'en parle pas au passé, il vit toujours, voyons ! Je vais partir pour Biarritz ce soir même, après avoir envoyé un télégramme à ses parents... Les malheureux ! Comment adoucir cette nouvelle ?

Jasmine s'est relevée sans aide :

— Ah ! cher Alex, combien j'ai de peine !... Laissez-moi partir avec vous pour Biarritz.

— Mais... ton travail ?

— Nous sommes vendredi, je serai revenue

lundi matin. Je vous en prie, emmenez-moi.

Elle est trop bouleversée, cette âme sensible, pour que je la déçoive :

— C'est entendu, nous partirons ce soir.

Elle s'essuie les yeux devant la glace, mais quand elle m'embrasse avant de partir, des larmes contenues les troublent encore.

Jasmine aime vraiment beaucoup mon neveu. Ce court évanouissement est la réaction d'une épouse ou d'une fiancée... Pourvu qu'elle n'en soit pas amoureuse ! Il est si peu fait pour le mariage, ce pauvre casse-cou !

Mon chagrin est plus compréhensible ; j'ai tenu cet enfant sur mes genoux, je l'ai vu grandir, adolescent superbe, pour devenir ce jeune homme qu'il est, insolent de confiance en lui, mais si sincèrement affectueux !

La gare d'Austerlitz me renseigne. Nous avons un train ce soir à vingt heures trente, et s'il ne reste plus de couchettes, nous aurons néanmoins deux places en « première ».

Je prépare un léger bagage après avoir télégraphié à mon frère la nouvelle qui va le bouleverser.

Il aime son fils qu'il voit peu, n'approuvant guère son genre de vie. Pour lui, elle n'est que coupable dissipation. Chris lui en garde rancune qui a épanoui sa jeunesse dans quelques bars à la mode... mais qui socialement a réussi dans une profession fort honorable. Il est resté propre et honnête et son métier passionnant lui plaît. N'est-ce pas une des choses importantes de la vie ?

Jasmine rentre à dix-neuf heures. Elle me demande, pâle et tendue, si je n'ai pas d'autres nouvelles. Hélas ! Jamais sa journée ne lui a paru si longue. Elle fait elle aussi son petit bagage. Quand je lui annonce que nous voyagerons dans un confort relatif, elle hausse les épaules. Nous disons peu de mots.

Après un dîner de sandwiches que nous nous encourageons mutuellement à manger, nous descendons pour monter dans le taxi retenu par téléphone.

Arrivés à la gare, dans le train qui paraît bondé, nous découvrons nos places dans un compartiment vide. S'il le reste au départ, la pauvre enfant pourra s'allonger. Elle fut toute la journée sur ses jambes, elle a exhalé sa grâce, souri, paradé, alors que son cœur était si triste !

J'achète au hasard quelques revues, car la nuit sera longue. Jasmine accepte l'hebdo féminin *Marie-Laure* avec une expression crispée, le pose sur la banquette, soupire et le reprend pour le tenir à l'envers.

Pendant quelques instants, elle feint de lire ainsi sans se soucier de moi. Elle semble éperdue, et je soupçonne la vérité :

— Ne lis pas à l'envers, mon petit, écoute-moi plutôt. Aimes-tu Chris ? L'aimes-tu d'amour, bien que tu t'en sois toujours défendue ?

Le train s'ébranle... Elle baisse la tête brusquement :

— Oui, j'en suis sûre maintenant, j'aime votre neveu, et c'est bien de l'amour.

— Ma pauvre petite, il me semble impossible que Chris puisse jamais épouser quelqu'un.

Sa voix craintive n'est qu'un murmure :

— Je le crains.

Mon neveu, depuis qu'il est imprésario, a une vie sentimentale très agitée, c'est un papillon tenté par tant de fleurs ! Aucune ne pourra le retenir. Mon père était comme cela et ma mère en fut toute sa vie malheureuse...

— Voyons, Jasmine ! Ta jeunesse peut te tromper ? Il faut·que cet adorable fou reste seulement pour toi un ami protecteur, un grand frère affectueux. Tu sais, au fond, c'est un cynique, cueillant dans la vie les joies les plus faciles. C'est, malgré l'affection que nous lui portons tous, un être léger, sans profondeur, un instable sauf pour ses affaires...

Elle m'arrête en levant sa main gantée :

— Je vous en prie, Alex, ne me dites pas cela de lui... Pas en ce moment où nous tremblons pour sa vie.

— Tu as raison... J'ai un peu honte, mais je voudrais tant que tu ne sois jamais malheureuse !

— Et lui ? Quel sentiment a-t-il pour toi ? Vous n'avez pas fait de sottise ?

Elle pose sur moi son regard doré, tandis qu'elle lisse machinalement ses cheveux d'ange :

— Chris est avec moi galant, affectueux et gai. Mais il ne m'a jamais demandé un baiser, jamais dit qu'il m'aimait. Au contraire, il m'a présenté son cher flirt du moment, un certaine Mauricette, qu'il emmène souvent avec nous...

— Enfin, quand je t'interrogeais sur lui, il y a quelque temps, tu me disais qu'il faudrait être folle pour aimer ce garçon.

— Oui, je n'étais pas encore certaine de mes sentiments, et je luttais. Je ne voulais point que cela soit. Aujourd'hui, c'est différent, je m'abandonne à cet amour. J'attendrai patiemment qu'il s'en aperçoive, et si un jour il veut bien de moi, je l'épouserai pour être la plus heureuse ! Chris est le seul qui puisse me donner le bonheur ou me perdre.

Mon Dieu ! C'est encore plus grave que je ne le pensais ! Chris est loyal, sain, mais il est homme. S'il s'aperçoit de cet amour, Jasmine en effet est perdue. Il ajoutera simplement cette fleur à son bouquet.

Suis-je sensé, ou injuste envers lui ? Cette pensée me tourmente d'autant plus qu'il est grièvement blessé, mort à présent peut-être ?

Le tangage monotone et miséricordieux du wagon berce Jasmine pour endormir sa peine. Les cils encore humides, car elle pleurait en parlant, elle garde ses yeux clos, et je ne dis plus rien.

Me suis-je assoupi ? Il est cinq heures. Jasmine, presque allongée, repose dans son coin. Car nous sommes toujours seuls dans le compartiment. Il fait jour. Je me sens sale et las.

Les poteaux télégraphiques, les arbres défilent, et parfois des maisons isolées.

Un contrôleur frappe à la porte, entre et s'excuse, je n'entends guère ce qu'il dit, mais je lui tends les billets.

Jasmine, pour l'instant, n'a plus de peine. C'est ce qui compte. Je pense aussi au malheureux Chris, à son goût des voitures rapides qui l'a conduit dans une clinique. Comme tout cela est bête ! Comme il est bête de mourir à vingt-cinq ans pour avoir voulu aller encore plus vite...

Elle ouvre les yeux, et un instant son regard reste égaré, puis elle réalise :

— Comment ai-je pu dormir ?

Je viens près d'elle sur sa banquette :

— Il est heureux que tu aies dormi.

Mais elle pleure, sans bruit, et me dit, les yeux suppliants :

— Croyez-vous qu'il s'en tirera ?

— Chris est jeune, robuste, il aime la vie, ne désespère donc pas.

Cette banalité qu'elle implorait semble la rassurer un peu.

Bientôt, nous arrivons, et à la sortie de la gare, nous n'avons que l'embarras du choix pour prendre un taxi.

Jasmine s'efforce au calme et à l'immobilité, mais sa lèvre inférieure tremble constamment.

Dix minutes après, nous sommes devant un vaste bâtiment gris aux volets bleus.

C'est la clinique Larue, il est huit heures trente.

A l'entrée, l'infirmière consulte son registre :

— Vous voulez voir monsieur Christian Marodon, c'est bien cela ? Attendez... Voilà, c'est un accidenté d'avant-hier. Vous êtes ses parents ?

— Je suis son oncle, et... voici ma nièce. Son père et sa mère ont été prévenus par mes soins, ils ne vont sans doute guère tarder à arriver.

L'infirmière hésite un peu :

— Vous voulez le voir ?

— Nous venons de Paris pour cela. Comment va-t-il ? dis-je en serrant la main de Jasmine qui tremble maintenant de tout son corps.

— Que dit le médecin ?

— Le médecin réserve son diagnostic comme il est d'usage pour les blessures du crâne. Le malade est faible, et ne pourra parler. On lui a déjà fait son sérum ce matin. Venez !

Nous la suivons, et je tiens toujours la main de Jasmine. Les couloirs sont verts, interminables, devant chaque porte un numéro est inscrit.

Je me cogne à un chariot, lâchant Jasmine...

— C'est ici, dit l'infirmière.

Chris est immobile dans un étroit lit blanc. Son corps athlétique se découpe sous le drap. Sa tête presque entièrement bandée laisse voir les yeux clos, le nez est tuméfié, la large bouche immobile et pincée paraît mince...

— Monsieur Marodon, vous m'entendez ? Voici des parents qui viennent vous voir, dit doucement la femme.

Je sens que Jasmine a envie de se mettre à genoux près du lit, et cette idée me bouleverse.

Alors mon neveu ouvre à demi ses grands yeux verts où passe une lueur rapide, vite éteinte. On croit qu'il veut esquisser un sourire, mais seul un grand soupir gonfle sa poitrine. Il geint, inintelligiblement.

— Vous reviendrez demain, dit l'infirmière. C'est assez pour aujourd'hui.

Ma pauvre enfant reste immobile, comme si elle n'avait pas entendu, regarde Chris dont les yeux se sont refermés, avec une fixité fiévreuse, puis elle se résout enfin à me suivre.

J'ai retenu deux chambres à l'hôtel de Paris. Nous nous y rendons pour faire un peu de toilette.

Quand nous sommes prêts, nous descendons

sans rien dire sur la plage déjà encombrée d'une foule grouillante, bruyante et colorée sur le fond sonore des vagues de l'océan. Le vent vif nous fouette le visage, faisant voler nos cheveux.

Par miracle, deux fauteuils s'offrent à nous, tout près de cette eau claire qui lèche le sable en moussant.

Nous étendons enfin nos pauvres jambes engourdies.

— Jasmine, pourquoi aimes-tu Chris ?

Elle me regarde, étonnée :

— Vous me posez, vous, cette question ? Sait-on pourquoi on aime ?

— Parce qu'il est beau ?

— Oui, sa beauté, sa virile beauté compte pour moi, mais il est aussi un garçon franc, rieur, intelligent et bon... Plus réfléchi que vous ne le pensez, sa légèreté ne doit faire de peine à personne. Tenez, c'est un garçon qui épouserait une fille, si elle le lui demandait, uniquement pour qu'elle ne souffre plus si elle l'aimait vraiment... Pas une idiote n'accepterait cela, en tout cas, pas moi !

— Sa bagarre avec monsieur Rigaud ne prouve-t-elle, de lui à toi, un certain intérêt ?

— Oh ! Il aurait fait la même chose pour n'importe quelle camarade de sa bande.

Elle se tait et feint de suivre dans l'air le petit avion blanc qui fait crier les enfants joyeux, et ronronne...

Je pense : s'il ne l'aime pas encore, cela forcément viendra. Mais pour combien de temps ?

Cette petite âme de lumière compte bien sur l'éternité de l'amour, et ne doit pas être déçue.

Après le déjeuner, j'oblige Jasmine à prendre un peu de repos.

Nous rentrons à l'hôtel où je trouve un affectueux message d'Edith. Je l'appellerai dans la soirée où j'aurai le plus de chance de la trouver à l'hôtel Impérial d'Aix.

Dans ma chambre, je m'efforce au sommeil, en vain. Je suis un insomniaque comme on en voit peu.

Non sans un certain égoïsme, je déplore que ma chère enfant soit amoureuse déjà d'un garçon charmant mais instable. Jasmine peut ainsi facilement gâcher sa vie. Comment faire pour la raisonner, pour éclairer sa lucidité ? Elle n'a que dix-sept ans, l'âge des pires emballements.

En voulant faire son bonheur, n'aurais-je pas involontairement contribué à la rendre malheureuse ? Suis-je trop pessimiste ? Bien sûr, Chris lui aussi deviendra un adulte. De toute façon, tôt ou tard, je ne serai plus dans la vie de Jasmine que le « second », et cette idée me révolte, car je sais si bien l'aimer que je suis prêt à lui sacrifier mon propre bonheur.

Me voici en train de débattre mes chances de garder toute l'affection de cette enfant, tandis que mon neveu, que j'aime beaucoup pourtant, agonise peut-être ?

Tout cela est insensé !

Vers cinq heures, j'appelle la clinique.

Une voix neutre et féminine me dit que l'état est stationnaire. Le médecin ne viendra que demain dimanche, alors qu'on aura les « radios ». Ni la police, ni l'agent d'assurance n'ont été autorisés à voir le jeune malade, mais je peux revenir demain matin prendre des nouvelles.

Je repose l'écouteur, découragé, et l'on frappe à ma porte.

C'est Jasmine, pâle, les yeux brillants, elle n'a pu se reposer. On lui a indiqué une église où elle a fait brûler un cierge. Je lui raconte mon coup de fil à la clinique, et nous décidons de sortir pour nous changer les idées.

Nous voici déambulant dans ce gracieux Biarritz, feignant de nous distraire par un « shoping » sans joie.

Nous admirons bientôt le Rocher de la Vierge, et la vaste crique de la petite plage. Je demande à Jasmine si elle voudrait prendre un bain dans cette eau transparente et tranquille. Elle secoue la tête. Alors, je propose raisonnablement d'aller à la gare retenir deux couchettes pour le lendemain soir. Jasmine secoue encore sa jolie tête aux cheveux décoiffés par le vent :

— Je ne rentrerai à Paris que rassurée sur le sort de Chris.

— Mais enfin, mon petit, tu ne peux abandonner ainsi ton emploi ! On ne comprendrait guère cette absence chez Heller où tout marche si bien pour toi.

Elle me regarde avec des yeux nouveaux de femme, j'y découvre une nouvelle lueur fauve et volontaire.

— Non, Alex ! N'insistez pas ! Je comprends que vous rentriez, moi, ma place est ici, dans la ville où souffre celui que j'aime !

Tout cela est encore insensé ! Je n'insiste pas. Si, comme je l'espère malgré tout, nous pouvons partir demain, nous voyagerons encore une fois assis.

Nous rentrons à l'hôtel pour le dîner auquel nous touchons à peine. Puis nous appelons Edith qui se montre nâvrée de ce que je lui apprends. Sa voix semble un peu sèche. Elle m'en veut d'être allé au chevet de Chris... Vraiment, elle se montre parfois si exclusive, si peu compréhensive, que j'en suis alarmé.

A neuf heures, Jasmine, très lasse, exprime le désir de regagner sa chambre. Nous formons le projet d'aller à la clinique dès son ouverture le lendemain.

Un sommeil miséricordieux va me calmer enfin. Malgré mes angoisses contradictoires, je descends vers les ombres de l'insensibilité.

Il est neuf heures quand je me réveille. Jasmine tambourine à ma porte.

Je la rassure et serai prêt dans vingt minutes.

Dans le hall de l'hôtel, sous la lumière crue du matin, tamisée à peine par les vitres et les rideaux, je m'aperçois qu'elle a aussi dormi : son merveilleux visage reposé exprime à la fois la crainte et l'espoir.

Dès notre arrivée à la clinique, nous sommes fixés car notre infirmière de la veille nous reçoit en riant :

— Je vous espérais plus tôt. Le médecin sort d'ici, notre accidenté n'a rien de grave absolument, sinon le choc, alors qu'on craignait une hémorragie méningée ! Il a de vilaines écorchures, mais son crâne est indemne... Sa faiblesse encore est tout à fait normale. Il ne se souvient guère de votre visite d'hier, mais aujourd'hui, c'est avec impatience qu'il vous attend.

Mon cœur bondit de joie à l'unisson de celui de Jasmine qu'il me semble sentir. Nous avons eu si peur !

— Avec ces blessures à la tête, continue l'infirmière, c'est tout l'un ou tout l'autre...

— Tenez, le voilà, ce grand malade chanceux !

Adossé à son minuscule oreiller, Chris nous regarde, ému. Son visage découvert est criblé de larges égratignures, ses cheveux blonds sont séparés par un large bandeau qui lui donne un air à la fois comique et intéressant.

Le doux sourire de Jasmine est fixé sur son visage, semble-t-il, pour toujours. Elle ne peut pas parler tout de suite, elle tend sa main vers la robuste main de mon neveu.

— C'est Pierre-Louis qui vous a fait peur, et vous êtes venus. C'est gentil, mais je suis désolé.

— Nous ne le sommes plus, lui dis-je gaiement. Pourtant, hier, tu n'étais pas frais ! Personne ne m'a raconté ce qui est exactement arrivé.

— C'est simple, nous allions à Saint-Jean-de-Luz. Sur la route, je croyais devoir doubler une Mercédès. Malheureusement, la 404 qui nous précédait cachait le clignotant de la première voiture qui tournait à gauche, lancée à plus de cent à l'heure, ma M.G. percuta la Mercédès de plein fouet. Nous avons été projetés la tête la première dans le pare-brise, c'est un miracle de n'avoir eu que quelques égratignures. La violence du choc fut terrible ! Tu vois, tonton, que j'ai une tête solide !

— Je vois ! dis-je platement.

— Après, je ne me souviens plus de rien. Il me semble que j'ai dormi une semaine, après avoir fait « couic » dans les éclats de vitre...

— Et les passagers de la Mercédès ? Ils étaient trois, on me l'a dit tout à l'heure, l'un d'eux seulement a eu quelques côtes fêlées.

— C'est vraiment miraculeux, articule Jasmine.

— C'est à peine croyable, tout le monde est d'accord.

Il prend un papier bleu sur sa table de nuit ripolinée :

— Et tenez, j'ai reçu un télégramme de mes parents. Papa est cloué par ses rhumatismes, et maman a une angine, en plein mois d'août ! Ça aussi c'est à peine croyable !

— Je ne leur en veux pas, ajoute-t-il avec une pointe d'amertume.

— Je les rassurerai par une dépêche. Ne te fais pas de bile pour cela.

— Je finirai par croire que tu m'aimes mieux qu'eux, puisque tu es là.

— Ne dis pas de sottises, ton père est sujet aux rhumatismes...

Il se tourne sans m'écouter vers Jasmine qui s'est assise sur la seule chaise, loin du lit :

— Alors, tu en as profité pour venir faire une ballade ?

— Oui, dit-elle d'une petite voix enfantine, j'ai voulu connaître Biarritz, et, ajoute-t-elle, c'est pour moi un merveilleux week-end.

Il lui dédie un sourire blanc :

— Je ne pourrai guère te servir de guide. Je le regrette. Heureusement que le tonton est là. Hein ? Je me demande ce qu'on ferait sans lui !

— L'important est que tu sois sauf, Chris. Mais je me demande si j'irai vers Deauville avec toi en septembre, comme tu me l'as demandé l'utre jour.

— Petite rosse ! Lâcheuse ! Je promets de ne faire que du quatre-vingts... Mais, ajoute-t-il penaud, je n'ai plus de voiture ! En miettes, la M.G. dont j'étais si fier !

— Vous prendrez donc le train, dis-je, un peu agacé.

— Jamais de la vie ! J'achèterai une autre voiture.

— Alors choisis la moins rapide, pour ne pas succomber au démon de la vitesse.

— Tonton ! Je t'en prie ! Pas de sermon ! Ce qui m'est arrivé pouvait arriver à n'importe qui... Parlons un peu de toi. Edith t'a laissé partir ? A quand le mariage ? Toujours au quinze octobre ?

— Bien sûr !

Il regarde encore Jasmine :

— Nous tâcherons d'être beau ce jour-là, sans une égratignure !

Pendant quelques minutes, nous parlons de banalités, tous les trois si heureux ! Lui de vivre, et nous de n'être plus anxieux. Mais comme Jasmine semble tout à coup réservée ! Est-ce bien elle qui me disait avec fougue hier : « Ma place est ici dans la ville où souffre l'homme que j'aime ! »

Sagement assise sur sa chaise, les deux mains jointes sur ses genoux, rien dans son attitude ne laisse transparaître ses sentiments.

Chris, par contre, malgré ses yeux rieurs, me paraît « choqué » sans doute, infiniment plus grave. Ses plaisanteries sonnent faux. Il enveloppe Jasmine d'un regard curieux, comme s'il la voyait pour la première fois, et que je trouve gênant.

S'il lisait dans mes pensées, il me dirait : « C'est une histoire de jeunes, tonton, tu ne peux pas comprendre ».

Pourtant, il me semble que si !

— Alors, dis-je à Jasmine, il faut tout de même nous enquérir d'un train pour Paris. Es-tu décidée à rentrer ?

— Bien sûr ! fait-elle avec le réel étonnement que je puisse en douter. Je reprends mon travail demain matin à dix heures, c'est important !

XVI

Nous avons eu tout de même des couchettes à cette époque où les voyageurs sur Paris sont plus rares.

Jasmine et moi n'échangeons guère de mots, à part d'affectueuses congratulations. Il semble qu'elle regrette bien de m'avoir fait ses tendres confidences, mais elle a fredonné pendant une partie du trajet.

Quand nous regagnons l'appartement, nous croisons le facteur qui me remet une seule lettre, d'Edith, pleine d'affection.

Elle arrive à Paris le surlendemain, sa cure de vingt et un jours étant terminée. Elle me rappelle que le notaire nous attend mercredi.

Ces deux nuits consécutives passées dans le train m'ont cruellement marqué.

Quand elle sort de la salle de bains, Jasmine est resplendissante. Elle m'embrasse sur le front en chantonnant, et part travailler. J'essaie d'en faire autant malgré une immense fatigue. Il me tarde d'être à ce soir, pour essayer de dormir, et quand le soir arrive, je n'ai plus sommeil...

Ce mercredi, je décide de rester tard au lit. Angélique est prévenue et Jasmine aussi qui me crie : « Au-revoir » en partant.

J'essaie de m'assoupir quand on sonne.

De loin, je reconnais déjà l'harmonieuse voix d'Edith. Tant pis ! Je me lèverai.

— Oh le paresseux ! s'exclame-t-elle, je l'attendrai dans le bureau.

Après un quart d'heure de toilette, je suis prêt, en pyjama et robe de chambre. Je cours embrasser ma fiancée :

— Edith chérie, je suis impardonnable d'avoir oublié d'aller vous chercher à la gare.

Dans ses beaux yeux clairs, une nuance de reproche, elle dit non sans mélancolie :

— C'est même beaucoup plus grave que d'avoir oublié aussi le notaire. Nous sommes attendus à midi.

— Je ne suis pas bien, ces temps-ci, chérie !

— Votre mine est de papier mâché.

— Le sommeil m'a fui complètement, ma vie en est perturbée.

— Vous auriez dû prendre des vacances.

J'essaie de plaisanter :

— Je suis allé à Biarritz...

— A propos, comment va Chris ?

— Aussi bien que possible, c'est un vrai miracle. Il n'a rien eu de grave.

— Vous voilà rassuré sur ce point.

— Alors, vous me pardonnez ?... C'est vrai que nous achetons notre jolie maison aujourd'hui. Mais je ne serai pas en retard. Embrassez-moi encore une fois, et je cours m'habiller.

Edith m'embrasse, nerveuse et contrainte, elle m'en veut, malgré mes explications, de l'avoir oubliée. Quel enfantillage ! Elle a un regard oblique vers la cheminée :

— Tiens ! Vous avez retrouvé vos bijoux ?

— Moi ? Mais non.

— Regardez donc ici.

Sur le marbre blanc, se détache ma montre, mon bracelet d'identité, ma grosse bague...

Je suis stupéfait :

— Ça ! Par exemple ! La plaisanterie était de vous ?

— Ces bijoux sont les premières choses que j'ai vues en entrant ici. Qui donc a pénétré dans ce bureau avant moi ?

— Angélique pour nettoyer... Et Jasmine, sans doute, pour me dire au-revoir...

— Oh ! Jasmine ? Je m'en doutais... Mon pauvre ami, heureusement pour vous, elle a eu quelques remords, ou bien n'a-t-elle pas réussi à vendre...

— Je vous en prie, Edith, Jasmine est insoupçonnable, de même que la bonne. Souvenez-vous, elle n'était pas là le jour où ces objets ont disparu...

— Que voulez-vous dire, Alex ? M'accusez-vous d'une odieuse plaisanterie ?

— Non ! Voyons ! Le mystère reste entier de leur disparition à leur restitution. Si Angélique avait vu ces bijoux en faisant le ménage, elle m'en aurait averti.

— Evidemment ! Je peux m'asseoir ?

— Asseyons-nous, et ne soyez pas si nerveuse, Edith. Je suis content de rentrer en possession de ces souvenirs. Tiens ! Il manque mon fixe-cravate...

— Cherchez bien, peut-être est-il tombé ?

En disant cela, un peu raidie dans son fauteuil, ma fiancée ouvre et ferme son sac de daim blanc, d'un air agacé, et le réticule lui échappe des mains, grand ouvert, et l'on aperçoit, sur la doublure soyeuse, le plat poudrier en or, le bâton de rouge, le petit mouchoir et... enchevêtrée dans un trousseau de clefs, la double baguette brillante de mon fixe-cravate...

Statufié, je reste muet, et regarde Edith.

Son beau visage est gris, elle respire avec force, me tend le bijou sans me regarder, et rassemble machinalement ses propres bibelots.

Il faut me rendre à l'évidence : c'est elle qui a mis sur la cheminée la montre, le bracelet, la bague... Elle la voleuse ! Mais pourquoi ? Pourquoi ?

— Ainsi, c'était vous ! Comme je voudrais me réveiller dans mon lit si c'était un cauchemar !

— J'ai agi sottement, j'en conviens, je n'ai jamais voulu garder ni vendre ces objets...

— Je m'en doute. Alors ?

Et peu à peu, une lumière se fait en moi, éclairant l'action d'Edith de toute sa bassesse.

— Vous vouliez faire accuser Jasmine, n'est-ce pas ? Comme vous détestez cette enfant ! Que vous a-t-elle fait ?

L'éclat de ses yeux durcit :

— Je suis jalouse ! Et j'emploie pour vous garder n'importe quel moyen !

— Je ne comprends pas...

— Mais vous l'aimez, mon cher ! Cela crève les yeux ! Jasmine symbolise pour vous toute la beauté, toutes les vertus.

— Bien sûr, j'aime cette enfant.

— Entendons-nous b i e n, v o u s l'aimez d'amour ! Vous ! Mon fiancé ! Quand vous parlez d'elle, votre voix prend une tendre inflexion que vous n'employer pour personne d'autre, et vos regards, mon pauvre ami, quand ils couvent leur trésor, sont plus expressifs que les mots les plus ardents. Elle vous a subjugué. Mon Alex est changé depuis six mois. Je ne pouvais le supporter, j'ai tout fait pour vous ouvrir les yeux, car vous ne vous rendez pas compte de cette passion qui vous brûle...

— Vous êtes folle ! Vous avez perdu la raison... J'aime cette enfant d'une façon très pure... Votre perfidie, vos mensonges me font beaucoup de mal...

— Vous vous mentez à vous-même... Et moi je souffre depuis longtemps d'être dédaignée.

— Dédaignée ? Quelle injustice est la vôtre ! Ne devions-nous pas aujourd'hui acheter notre maison et nous marier le quinze octobre ?

— Je n'ai pas accepté d'être la seconde dans votre cœur.

— Je vous aimais comme ma femme, et j'aimais Jasmine... comme une fille. Comment vous, si intelligente, avez-vous pu vous tromper à ce point ? Cette jalousie est incompréhensible, indigne de vous. Oui, tout cela est indigne de vous.

Un instant, nous nous taisons, toujours assis en face l'un de l'autre. Edith tremble et pleure, son petit mouchoir en boule dans sa main. J'ai mal, physiquement, comme si j'avais une blessure.

— Comme vous savez bien mentir !

— Parce que je vous aime. Toutes les amoureuses en sont là.

— Jasmine ne ment jamais !

— Qu'en savez-vous ?

— Et... Elle est amoureuse.

— Ah ! Vous voyez bien !

— De Chris.

Elle écarquille les yeux dont le mascara coule avec la dernière larme :

— De Chris ? Et lui, l'aime-t-il ?

— Personne n'en sait rien.

— Je croyais que cette intrigante voulait se faire aimer de vous.

— Grotesque ! Edith ! Une insane jalousie vous aveugle.

Cette douloureuse colère qui me secoue, et que je n'arrive guère à extérioriser comme je le voudrais, m'a complètement démoralisé. Je me sens assommé, inerte :

— Je ne suis pas bien, ma chère, voulez-vous me laisser seul ? Ah ! combien j'aurais préféré ne jamais retrouver ces bijoux !

— Je n'osais les garder... A mon tour, je vous demande : me pardonnerez-vous, chéri ? Tout ce que j'ai fait l'était par amour.

— Le drôle d'amour que le vôtre !

— Qu'allez-vous faire ?

Il me faut presque une minute pour rassembler mes pauvres idées.

— Je vais d'abord dire que j'ai retrouvé cette... quincaillerie, comme dit mon neveu, dans une commode où je n'avais pas l'habitude de la ranger.

— Merci ! Et... ensuite ?

— Ensuite, Edith, si vous le voulez bien, nous resterons de bons amis. Attendons quelque temps pour annoncer que notre mariage ne se fera pas. Nous trouverons une raison valable. Vous me comprenez... Je déteste le mensonge, et désormais je n'aurais plus confiance.

Elle se lève brusquement, sans rien dire,

comme si je l'avais frappée. Les épaules voûtées, les yeux pathétiques, elle est sans doute sincère.

Ce nouveau silence entre nous a un poids nouveau.

— Je comprends, dit-elle enfin d'une voix cinglante, que vous ne m'avez jamais aimée, c'est cette petite...

— Je vous en prie, n'ajoutez rien sur elle, si vous voulez que nous restions au moins des camarades.

Une lueur s'installe dans ses yeux humides, j'y lis d'abord une certaine incrédulité, puis un certain espoir de me reprendre.

La pauvre ! Si elle savait ! Je n'ai pour elle qu'un peu de pitié pour son humiliation.

— Nous avons vécu des jours charmants, Edith, gardons-en le souvenir... Voulez-vous téléphoner au notaire ? Je n'en ai guère le courage.

— J'achèterai cette maison sans vous, Alex, et vous y viendrez.

— En visite ? Pourquoi pas ?

— Non ! Je ne veux pas désespérer. Sans doute ai-je mérité une punition, la vôtre est dure, mais vous viendrez dans cette maison que vous avez choisie avec moi, et... Peut-être y resterez-vous ?

Quel entêtement absurde ! Je hoche la tête sans répondre.

Edith m'embrasse rapidement sur la joue, puis elle fuit vers la porte, sans refaire son visage.

Chaque jour, je remâche mon amertume. Edith était jolie... Mais elle n'était que cela. Mon cœur entrera bien en convalescence. Je pense me consacrer désormais au bonheur de Jasmine, avec ou sans Chris, elle fera sa vie un jour, qu'égoïstement je souhaite lointain, car j'ai besoin sous mon toît de la présence de la sage petite fée, de sa lumière... Ensuite, elle aura des enfants, je pourrai être un bon parrain, nos liens affectueux se resserrant encore. Ce sera là ma « part », et je suis certain de n'être pas déçu.

Un télégramme de Chris nous apprend qu'il regagne Paris demain.

Je le montre à Jasmine, elle me répond par un doux sourire. Nous voici tout à fait tranquillisés.

Pas une fois, depuis notre retour, elle ne m'a fait allusion à son aveu de Biarritz ! Comme s'il n'était, sans nul doute, le plus grave qu'elle eût jamais fait de toute sa jeune vie. Le cœur a ses mystères, le sien est fier, pudique. Pourquoi se tourmenter d'un avenir qu'on ignore ?

Le surlendemain, en rentrant du journal, je trouve à la maison mon neveu qu'Angélique a installé sur mon fauteuil. Il m'attend avec sa figure de beau gosse que les égratignures n'arrivent pas à gâter.

Au lieu de m'embrasser comme d'habitude, il se lève pour me céder sa place et reste à se dandiner sur ses hautes jambes, comme un gamin qui aurait honte... De quoi ?

— Jasmine n'est pas là ?

— Elle rentrera dans une demi-heure.

— Tonton, il faut que je te parle !

— Assieds-toi quand même sur cette chaise, on se dira bonjour après !

— Oh ! Pardon ! Je te fais « la bise », tonton.

C'est grave, ce que j'ai à te dire. Vois-tu... J'ai beaucoup réfléchi pendant ces jours passés en clinique.

— Il est temps en effet de réfléchir à vingt-cinq ans !

— Là, tu n'es pas gentil.

Lui, le beau parleur, si téméraire en affaires ! si audacieux avec les filles, semble gêné pour avouer à son oncle je ne sais quelle folie nouvelle...

— Je vais être franc... Quand j'ai reçu, lors de mon accident, l'énorme choc dans la voiture, au moment de sombrer dans le néant, croyant mourir... J'ai regretté surtout Jasmine, seulement Jasmine dont j'ai vu nettement le merveilleux visage... Que ce soit arrivé à ce terrible moment m'a encore troublé et fait réfléchir en reprenant mes esprits. Alors, je me suis interrogé comme je ne l'avais jamais fait... Avant, je ne trouvais guère le temps de réfléchir. Il m'a fallu cet accident pour comprendre que je suis amoureux, sérieusement, profondément, de ton adorable protégée. Attends ! ne réplique rien, pas encore, et... ne te moque pas.

« Bien sûr, dès mon retour d'Amérique, j'ai vu combien elle était jolie, et si différente des autres filles... J'ai subi ensuite son charme de jeune fille intelligente, cultivée... Et pour ça, je suis certain qu'elle te doit beaucoup. Elle prétend que son éducation est ton ouvrage : livres, musées, théâtre, tu n'as rien négligé. Aujourd'hui, c'est une petite fille parfaite, quelqu'un comme une fée. On se sent abrupt auprès d'elle, et je sens qu'à son tour elle pourrait faire mon éducation. Tu sais, moi, je ne connais que mes affaires et mes poulains, l'atmosphère n'est pas enrichissante...

« Tu vois, je traitais Jasmine en camarade, comme si elle avait été ta fille, mais j'étais déjà un peu jaloux de ceux qui tournaient autour d'elle, sans savoir que je l'aimais au point de vouloir l'épouser.

J'ai suivi ce discours me révélant un nouveau Chris avec une légère stupeur...

— Ecoute, tu as raison, Jasmine est une jeune fille parfaite. A toi, j'ai connu bien des flirts où tu croyais engager ta vie... Je veux croire que ces égarements n'ont désespéré personne, et que tu reconnais, en le regrettant sans doute, combien ta vie sentimentale fut légère ! Es-tu certain cependant d'avoir changé au point de pouvoir rendre heureuse une enfant sensible, vulnérable, si absolue dans ses sentiments ?

« La décevoir serait un crime inexpiable, que je ne te pardonnerais jamais. C'est pourquoi je te demande de réfléchir encore.

Je ne suis pas au bout de mes surprises. Il lève vers moi des yeux humides, Don Juan, ma parole, va pleurer. Il me dit d'un ton suppliant :

— Tu crois qu'elle pourra m'aimer ?

Je ne veux pas trahir encore le secret de Jasmine, et réponds d'un geste évasif.

— Tu sais que les Goldsmith ont accepté toutes mes conditions. Je vais être riche pour de bon. Jasmine pourrait avoir une vie très agréable.

— Tu l'emmènerais en Amérique ?

Il me semble que j'ai crié. Chris me regarde gêné, surpris...

— Mais ne rêve-t-elle pas d'aller là-bas ? Voyons ! Ce ne serait que pour six mois... Je ne sais pas si je renouvellerai mon contrat.

Tu ne la perdras pas, ta petite fille, et puis...
Tu vas être accaparé par Edith, non ?

— Bien sûr ! Tu ne peux guère comprendre.
Jasmine si loin... Sans protection...

— Comment sans protection ? Et moi alors?

Evidemment, et « lui » ! Jeune, beau, fort,
riche... Comment lui résisterait-on ? Comment
ce nigaud peut-il en douter ? Sa modestie
ne me déplaît pas. Mais connaissant les sentiments de Jasmine, me voilà bouleversé de déjà
la perdre un peu...

Nous entendons ensemble une clef tourner
dans la serrure : c'est Jasmine que j'appelle du
bureau, qui accourt de son pas vif. En un coup
d'œil, elle voit mon air grave et la pâleur de
Chris. Elle s'interroge.

— Bonsoir, Jasmine ! Je partais, justement...
Tonton te parlera pour moi.

A son tour, elle pâlit et me regarde : aurais-je
trahi son secret ?

Ses yeux se voilent... Cette gêne, cette timi-
dité invraisemblable chez mon neveu, ne prou-
vent-elles pas que son amour est sans espoir ?

Alors je prends Chris par le bras et le force
à s'asseoir près de la porte, sur le divan, tandis
que la jeune fille, d'un geste machinal, attire
sous elle une chaise.

— Ma petite fille, ce grand garçon a beaucoup de choses à te dire. Il va le faire lui-même,
comme un grand.

Allons, Chris ! Elle est plus intimidante que
les deux grands Goldsmith, hein ? Sois courageux ! Sois surtout aussi éloquent que tu l'as
été avec moi, et ce sera gagné.

Je sors en refermant la porte, pour retourner
dans ma chambre.

Me voici « vraiment » seul ! malgré la proche présence de ces enfants qui s'aiment...

Dans la glace de la cheminée, ce visage blême, fatigué de tant de défaites, c'est sans doute le mien... Je le regarde sans indulgence, et je trouve la force de gouailler, pendant qu'ils s'embrassent déjà sans doute ?

— Et alors ? Qu'est-ce que tu croyais ?...

Vieux « schnock » !

XVII

C'est en vain que je demande à ces deux enfants d'étudier leurs sentiments pendant de longues fiançailles avant de convoler. Ils me rient au nez, et j'ai dû m'incliner. N'ayant que le temps de faire les démarches nécessaires, ils se marieront le dix octobre et partiront aussitôt pour New York où ils resteront six mois. Pendant ce temps, je pourrai m'occuper de leur chercher un appartement à Paris, ce serait une manière de faire quelque chose pour leur confort... Mais Chris me répond :

— Nous verrons cela nous-même ensuite, tonton. Pour l'instant, ne bouge pas... D'ici là, nous t'écrirons pour te faire part de nos projets.

Je leur ai dit qu'Edith et moi avons décidé de reculer notre propre mariage, sans doute jusqu'au printemps. Cela n'a guère paru les surprendre et semble les laisser indifférents... A tout ce qui n'est pas leur amour...

Ils ont autrement réagi quand je leur ai appris avoir « retrouvé » mes bijoux... En me souriant avec une très juvénile commisération pour le « croûlant » distrait que je suis...

Jacques Heller offrira une robe de mariée

à son mannequin dont la carrière fut si brève ! Je leur offrirai un service de table qu'ils vont choisir rue de Paradis.

Les jours passent, rapides. Jasmine et Chris se voient tous les jours. Aucun nuage n'est jamais entre eux, aucune petite querelle d'amoureux non plus. Leur visage rayonne d'un grand bonheur attendu.

Et il arrive enfin, le dix octobre, ce grand matin triomphal. Je revois à cette occasion Edith, dans une merveilleuse robe rose, sans trop d'émoi, ni de regret.

Je fais à peine semblant de répondre à la chaleur de son regard. Personne ne remarque ma réserve. Nous n'avons jamais été, en public, des amoureux très expansifs.

L'église de Notre-Dame-de-Lorette est pleine de gens. Ce sont quelques amis personnels et toutes les relations de Chris. Ces dernières sont nombreuses, un peu « voyantes » pour mon goût. Mais Jasmine a invité les six mannequins de Heller, qui donnent à la cérémonie une note de haute élégance.

Chacun admire la robe mousseuse et romantique de Jasmine sous son petit voile court.

J'ai conduit ma protégée à l'autel, et pendant la messe, j'ai fermé les yeux sur cette adorable image, sur cette perfection qui fut toujours la sienne, pour retrouver la petite sauvageonne du Jardin d'essai, dans ses pauvres vêtements usagés. Comme elle avait faim de tout ! Et surtout de tendresse ! Déjà si jolie avec ses cheveux fous, agressivement décoiffés par le vent de la mer... Emu aux larmes, je l'embrasse après la cérémonie, alors qu'elle me dit :

— Je vous dois tout !

J'aimerais à le croire, mais n'ai-je pas été que l'instrument de son destin ?

Au repas de noces, nous sommes douze, il a lieu dans un restaurant réputé près de la gare du Nord.

Je m'efforce à la gaieté, mais le prochain départ de ces enfants m'attriste. Je les accompagnerai demain à Orly. Ils me l'ont demandé.

Chris me précise :

— Sois là dès quinze heures, bien que nous ne partions qu'à seize, je te ferai visiter cette huitième merveille que je connais bien. Cela en vaut la peine. Retrouvons-nous à l'immense sphère du « Point de rencontre ».

Edith, qu'on a placée près de moi, se découvre aussi un intérêt subit pour l'aérogare. Ce sera l'occasion de me rencontrer une fois de plus. Elle n'a sans doute pas perdu l'espoir de me reprendre :

— Je viendrai, mes enfants ! Je ne connais absolument pas le nouvel Orly. Je passerai vous chercher, Alex.

Me voici obligé d'acquiescer.

Vers les cinq heures, les jeunes gens se retirent. Mon neveu a retenu un appartement à l'hôtel Continental.

— A demain ! dit Jasmine dont les yeux affectueux me comblent.

Il fait gris. Sous ce ciel de tendre ardoise qui n'appartient qu'à Paris, les longs, les bizarres lampadaires courbés de l'autoroute font penser à des bras interminables et suppliants qui voudraient retenir quelque chose ou quelqu'un... Ce départ précipité... Pour moi, c'est un enlèvement...

Dans la voiture bleue, Edith et moi disons peu de mots, sans faire aucune allusion à notre si récent passé.

Devant la gare, c'est un océan de voitures de toutes les couleurs. Au « Point de rencontre » que nous trouvons facilement, Chris et Jasmine nous attendent déjà, souriants, une petite valise légère à leurs pieds.

C'est une fleur épanouie qui me tend ses joues parfumées.

— Bonjour, toi ! Bonjour, Edith ! Venez d'abord prendre quelque chose, dit mon neveu.

Et nous voici dans un salon vitré, feutré, d'où nous découvrons l'immense piste sur laquelle, venant de tous les pays, des monstres gracieux se sont posés. La pièce étant insonorisée, on n'entend pas le vrombissement des moteurs. On ne perçoit que la voix berceuse des hôtesses annonçant les prochains départs.

Nous prenons cinq minutes de repos à peine, et Chris nous pilote de terrasses en terrasses. La foule est dense ce jour-là, il y a beaucoup de curieux. C'est un endroit pour rêver.

J'ai une sorte de vertige quand nous restons accoudés sur la balustrade de la plus haute tour. J'entends peu les discours du jeune marié, les exclamations d'Edith que je pourrais percevoir malgré la rumeur de la foule... Je regarde à la dérobée Jasmine. Oui, je puis être rassuré. Elle respire un grand bonheur. Les minutes passent, follement vite il me semble... Et comme le vacarme des départs devient assourdissant, j'implore pour que nous revenions au salon feutré.

Là, devant la table ronde où l'on nous sert de nouvelles consommations, je dis des choses bêtes, banales, inutiles :

— Attention, Chris ! Il paraît qu'il fait déjà très frais à New York... Jasmine ne connaît encore que les doux hivers d'Algérie... Ecrivez des « mots »... Courts puisque le temps vous manquera, mais faites qu'ils soient nombreux.

— Sois tranquille, tonton, ta nièce s'occupera de notre correspondance.

Jasmine me prend la main :

— N'ayez pas trop de peine de nous voir partir, nous sommes si heureux !

— N'empêche que votre oncle abusif trouvera le temps long.

Edith et Chris échangent alors un regard vif, que je ne comprends pas.

A cet instant, une cloche vibre, et la voix caressante de l'hôtesse annonce :

— L'avion 771 pour New York et Washington ; départ immédiat, porte 50...

— C'est pour nous ! dit Chris en se levant, sa mince valise à la main.

Et je vois sur son visage une crispation à la fois tendre et virile : lui aussi m'aime bien.

J'embrasse Jasmine dont les yeux brillent, mais je n'y vois pas de larmes.

Edith aussi l'embrasse, serre la main de Chris.

— Bonne chance ! lui dit-elle. Nous attendrons ici votre départ, le Boeing n'est pas loin, nous vous suivrons dans les airs...

Voilà, nous sommes seuls, ils ont été happés par le portillon, par la foule...

Edith me prend le bras et nous nous approchons de l'immense vitre. Le « 771 » argenté n'est pas loin. Sur l'escalier de la passerelle, les gens montent, paisibles. On distingue très bien les silhouettes, et nous reconnaissons bientôt nos voyageurs. Jasmine donne le bras à mon neveu. Ils ne se retournent pas. C'est alors que mes yeux s'embuent malgré un effort de volonté.

Quelques minutes plus tard, je vois le « monstre » aux multiples hublots, si élégant sous sa carapace argentée, d'abord rouler sur la piste, puis bondir en avant et devenir bientôt, à l'horizon, un oiseau de plus en plus frêle...

Edith me secoue le bras :

— Venez, cher Alex, et faites-vous une raison, votre nièce ne vous oubliera pas, mais il faut cependant vous habituer à son absence. Elle sera longue ! Il faut que vous sachiez ce que ces deux enfants n'ont pas osé vous dire car ils connaissent votre sensibilité, et ce qu'ils m'ont chargée de vous apprendre : ils ne voulaient pas attrister leur départ. Mais il vaut mieux que je vous apprenne tout de suite la vérité. Vous ne les reverrez guère de longtemps. Chris est habile. Son contrat sera sans doute renouvelé... Et celui-ci est déjà de trois ans.

Je la regarde, un peu hébété.

Elle a ce sourire exquis que j'ai tant aimé !

Ainsi, je m'explique en un éclair la répugnance de mon neveu à mon offre de leur rechercher un appartement.

Voici l'explication du regard de Chris à Edith tout à l'heure. Le coup est rude. Trois ans sans voir ma petite fée...

Quelle amertume ! Rien ne sert d'aimer ! On est toujours seul... Edith lit cette détresse dans mes yeux, je le sens, et c'est pour elle une sorte

de revanche pour mon impardonnable dédain
après sa perfidie.

— Venez ! dit-elle, je vous ramène.

Non ! Je ne veux pas repartir avec cette
femme. Entre nous, toute comédie est inutile.

— Je dîne à Versailles tout à l'heure, lui
dis-je au hasard. Jean Tapy nous attend... Nous
aimons la pourpre dorée d'octobre là-bas dans
le parc. Vous auriez pu venir, mais c'est un
dîner d'hommes.

— Ce sera comme vous voudrez. Je puis vous
y déposer.

— Vous êtes trop gentille. Les taxis abon-
dent dehors, et j'ai besoin d'être seul.

Nous nous détachons ensemble de la vitre
à laquelle nous étions restés appuyés. Avant
de marcher, je vois un nouveau bolide qui
roule sur la piste avant de bondir... Et je pense
tout d'un coup à une chose...

— Oh ! Edith !

— Oui ?

— Je viens d'avoir une idée merveilleuse...

— Vous voulez bien finalement que je vous
mène à Versailles ?

— Ce n'est pas de cela qu'il s'agit, je vais
faire une surprise à Jasmine...

— Vraiment ? Mais... Vous lui avez déjà fait
un somptueux cadeau, le service de table que
j'ai vu est superbe.

— Il ne s'agit pas de cadeau !

Elle reste perplexe :

— Expliquez-vous... Votre chagrin semble
bien vite apaisé.

— C'est une idée merveilleuse et si simple !
Comment n'y ai-je pensé plus tôt ? Puisque ces
enfants s'en vont pour longtemps, à mon tour

je prendrai un Boeing, j'irai les voir à Noël !

Alors, après avoir hoché la tête, elle me tourne carrément le dos pour cacher sa grimace, et vite elle s'en va, seule, sans rien répondre... D'un pas moins léger.

FIN

no: 1   Romance au coin du feu $1.50

Le Printemps Solitaire

JACQUES CHRISTOPHE

*...un an, dix ans, vingt ans,
passent comme le vent...*

POCHE SÉLECT

$1.50

En vente chez votre marchand habituel
ou chez

PRESSES SÉLECT LTÉE
1555 Ouest, rue de Louvain
Montréal, Qué

no: 2 Romance au coin du feu **$1.50**

Ombre
Sur Hartfield

ALEX JARDINE

*"L'âme fraîche de Nelly devait représenter
un attrait inédit pour un garçon
n'écoutant que ses instincts..."*

POCHE SÉLECT

$1.50

En vente chez votre marchand habituel
ou chez
PRESSES SÉLECT LTÉE
1555 Ouest, rue de Louvain
Montréal, Qué.

$1.50

no : 4 Romance au coin du feu $1.50

Les Fruits Du Printemps

ALEX MARODON

"Son sentiment n'était pas dépourvu d'orgueil, comme si elle allait être la première maman du monde..."

POCHE SÉLECT

$1.50

Imprimé au Canada